思考のシッポのつかみ方

桃木 夏彦

大阪教育図書

はじめに

すぐそばに、魅力的な生き物がいることに気がつかなかった。それも長い間である。しかも、喋ったり書いたりすることを生業としてきた自分自身の鈍感さに驚いている。その、うっとりさせられる生き物とは、〔言葉〕のことである。

〔言葉〕は、人間の体内に棲みついて、つねに身体と行動をともにしている。この肉体を牛耳っている存在なのだ。なぜなら、物事を考えたり、判断したり、また、行動するときに指令をだしたりと、その活躍の幅は計り知れないからだ。

また、タヌキのように化ける術をもつ。お喋りのときだと、言葉は〔音〕に化ける。文章にすると〔活字〕に化ける。頭脳のなかに入り込むと〔思考〕に化けるのである。

言葉が生き物ゆえに、その鋭い爪で〔心を傷つける〕こともある。ふわふわのやわらかい手で〔心を癒してくれる〕こともある。情をもって〔泣かせたり・笑わせたり・怒らせたり〕もする。

このように、〔言葉という生き物〕は、臨機応変にその姿を変えながら、人間にしっかりと寄り添い、より人間らしく生きる手助けをしてくれる。

さらに嬉しいのは、脳のなかに侵入した言葉が思考に化け、その思考が風船をふくらませるようにどんどん拡がって、わくわくする未知の世界に誘ってくれることだ。

本書は、この言葉が織りなす〔思考のワンダーランド〕を、ネコポンタという可愛い女の子と俺が喋りあうエッセイである。

そこで、ビビッと感じてもらえるところが一つでもあれば、もうそこに〔思考のシッポ〕はしっかりと〔あなたに、つかまれた〕ことになる。〔思考のシッポのつかみ方〕とは、そういう意味である。

『思考のシッポのつかみ方』　目次

『ネコポンタとの出会い』

雨の朝、いっぴきの狸と出会った。いや、よーく見ると猫のようでもあった。まあ、とにかく、そいつは俺とすれちがいざまに、「傘と長靴を貸してくれませんか」、と言った。街中で狸らしきものと会うのも不思議だが、まわりの誰も、知らない振りで通り過ぎてゆく。登校途中の小学生が数人、傘をふりまわしながら、俺らのそばをすりぬけた。まったく気づかない。狸ではなく狸もどきだったから無視したのか。それとも、なにも見えていなかったのか。まわりの日常はそのままで、俺のそばだけ非日常となっていた。

近くのコンビニに奴と一緒に入り、傘を買ってやった。長靴はなかったので、レジでビニール袋を2枚もらい、その場で後ろ足にそれを履かせて靴にした。狸もどきのくせに後ろ足2本で立っていたので、そのように履かせた。「ありがとね」、と、ぴょこりとシッポを振った。

奴とはそこで別れ、いつもの公園を散歩して、いつもの喫茶店でコーヒーをのんだ。そこは私鉄がはしる高架下にあるので、電車がとおるたびに遠雷のような響きで満ちた。通いはじめた頃は、騒音であったが、今では子守唄のように、心を落ち着かせる。ここで、ある本を読んでいるのだが、計ったかのように、ページをめくるところで遠雷が入る。だが、通勤の時間帯から遠のくにしたがって、この間隔がのびはじめ、めくる時と遠雷の響きとがシンクロしなくなり、その頃を見計らって、そろりそろりと店を出る。いつしか、雨はあがっていた。

「これ、ありがとう。助かりましたわ」

店をでたところで、いきなり声をかけてきたのは、あの狸もどきであった。手に、傘とビニール袋をもっていた。

「やあ、それ、おまえにやったんだよ。持っときな」

「えっ、いいんですか。こんな高価なものを……」

「傘は324円だ。それに袋はタダだ。とっときな」

「324円とタダ。やっぱり高いもんですよ」

そうか。狸もどきの世界では、この額は、かなり貴重なものなのだな。

「大金かも知れないけど、大切に使ってもらえれば、それで嬉しいから……」

「でもね。この傘、まあいってみれば、ポイっと捨てたって、どっかへ忘れてきたって、気にする額じゃないでしょう」

「な、なに……」

「わたしが、言いたかったのはね、その傘の裏っかわにくっついてるものが、とっても高価なものだったから、なんですよ。分かりますか？」

「は？」

「それはね、あなたの、やさしい心の価値の重さですわ」

すぐには理解できなかったが、なんとなく俺の心のなかに、少しずつ奴の心が染み込んできた。

「だったら、おまえ。傘と袋を返してしまったら、それにくっついている俺の心まで返すことになるんだよ。そう言ったろう。高価なものだから返すって……」

「そう。そういうことになりますね。たしかに」

狸もどきは、ポンポコポンと腹鼓を打った。

「取り消すわ。返さないで、しっかりと持ってることにするね。貰っておくわ。だから……」

「だから、何だ」

「しばらく、おそばに居させてください」

「はあ?」

「きのう、森からやってきたばかりなんです。だから、しばらく居候させてほしいのです。この街が好きになりそうなので」

「おいおい、ちょっと待てよ……傘を貸してほしいとか、居候させてほしいとか、その図々しさは何だよ」

「はい。そのなんとも愛らしい性格が、わたし、ネコポンタの特長なんですわ」

「狸もどきじゃなくって、ネコポンタ? それって何?」

「あなたは、わたしが一言いったら、何?何?でしょう。それ、多すぎます。お喋りっていうものはね、できるだけ、気のきいた表現ですべきですわ。でないと、言葉がパチパチパチと弾けないのですわ。おもしろくない、ってことなんですよ」

「弾けるって、それ何?」

「ほら、またでしょう。何だって……」

「あ、ごめんごめん。もう言わない。で、それは……」

「お喋りは、爆竹みたいなものがいいんです。火薬のつまった竹筒をできるかぎりいっぱい繋いでおいて、その端っこに火をつけると、おたがいの言葉がパッパッパと次から次へと連なって弾けてゆく……」

「と、いうことは、竹筒とそこにいれる火薬をいっぱい持っていないといけないんだ。話す言葉が竹筒で、思考が火薬ってことだよな」

「わかってるじゃない。だったら、はやく、そういってよ」

「で、話を変えるけど、ネコポンタっていう動物があるの?」

「姿はね、このわたしを見てください。一見、狸みたいでしょうけど、ほぼタヌキってとこです。違うところはね、性格なんです。猫のあの歩く姿に象徴されているように、しなやかさと俊敏さをもっています。狸の愛嬌とあのおとぼけ、さらにあの化学がひかっています。その二匹、猫と狸がブレンドされた生き物が、わたくしネコポンタなのですわ」

「よくわからないけど、なんとか分かる努力をしよう。そこで、まず、狸の化学って、どういうことなのだ」

「カガクじゃないのよ。バケガクっていうの。知恵をしぼって化けるってことだわ」

「朝のことだけど、歩いてゆく人たち、だれもおまえのこと気づいていなかったんだけど、どうしてかな。バケガクの術をつかって透明だったのか」

「わたしのことを想ってくれている人にしか、この姿、みえないのよ」

「俺には見えた。だから、おまえの願いを叶えてやった」

「で、しょう」

「えっ、俺がおまえのこと思ってたってことなの。自覚症状はまったくないけど」

「わたしの言葉を、しっかり聞いていてね。わたしは、〔想ってくれている〕って言ったでしょう。〔思ってくれてる〕じゃないのよ」

「思うと想うは、違うんだ」

「そう。なんとなくおもうのは、思う。心のフィルターをとおしておもうのは、想うなの」

「と、いうことは、おまえのこと意識してたってことだな。この俺が……」

『視線』

「こうしてお喋りしてるのも〔言葉〕だけれど、心のなかにもそれはあるのよ。黙ってお喋りしてる〔言葉〕がね。それが、視線という一本の線のうえを伝って、相手に届くのよ」

「おまえを見つめたときの視線のうえで、俺がぺらぺら喋ったってことなのか」

「雨に濡れてかわいそうだな！って、動物のわたしに声をかけてくれたのよ。だから、はいはいと言って、傘、買ってくれたんでしょう」

じっと見つめる者と、みられてる者。その間に結ばれている一本の線。それが視線である。視線を合わせるとか、視線を避けるとか、視線をあつめるとか、視線を落とすとか、まるで一匹の生き物のように、それは使われる。

電気がとおるあの線を〔電線〕というけれど、それをまねると、視線は〔伝線〕ともいえる。同じ〔デンセン〕なのだ。見える電線は、エレキテルを送り、みえない伝線は、人の想いを送る。だから、ある著名な脳科学者は、視線を受けると脳が喜ぶ、といっている。

「で、さっきのお願いですけど、居候させてもらえます？」

そこで、さっそく、俺は、その視線を使うことにした。

黙って、ネコポンタの目を見つめ、そうしてその視線のさきを喫茶店に置き、そのまま
まずーっと高架下を這わせ、そのさきで、くるっと公園に。さらに。そこを抜けたところの角にある俺の家まで、視線を運んだ。

「うわーいいんだわ。ありがとう」

ポンポコポン。ネコポンタは腹鼓を打って喜んだ。

「俺の視線が、おまえを家まで案内したの、よく分かったね」

「あたりまえでしょう。視線のパワーはね、人を動かすこともできるんだわ。だって、今、あなたの家まで案内してくれたんだものね……」

「じゃあ、さっそく、森の家の母さんにテレパシーで、しばらくのあいだ、この街で暮らすって、送っておくね」

テレパシーは視線よりもはるかに高度な技術が必要な伝達手段である。少なくとも、

ネコポンタの世界では……。

『見えるものと見えないもの』

家で、ネコポンタにクルミ茶をだした。

「わたし、これ大好き」

ぺろぺろ舐めるように飲んだ。

「傘の裏にくっついている心の価値の話をしたけど、それって、見えないからいいんだよね」

「そうだね。心は見えないけれど、それを透視するというか、感じるっていうか、そこをしっかりと掴むことは大切だわ」

「見えたらどうする?」

「おもしろくないわ。彼の心がすっかり透けると、恋愛が方程式化してしまうじゃない。おたがいが好きだと、1プラス1イコール2でしょう。おたがいが嫌いだと、計算式はいらないよ。片思いだと1マイナス1イコール0。もうこれですべて終わってしまう。ワクワクドキドキやキュンキュンする気持ちが消えてしまうわ。これじゃあ、心臓なんていらないじゃない。そうでしょう」

まさに、ネコポンタがいうように、すべて見えてしまうと、相手に対しての接し方が固定化してしまい、人間関係がつまらないものになってしまう。さらに、心の内側を推測するとか、相手への思いやりとか、心遣いとか、そんなものが必要でなくなったとき、思考が衰えはじめるだろう。イメージを頭のなかで膨らませることも困難になるだろう。

こう見てゆくと、空気もそうだが、大事なものは見えないように仕組まれている。それは、思考を崩さないようにするためだし、発想を豊かにしてくれる知恵を育むためだ。

「と、いっても、もちろん見える世界も必要だ。でもまあ、ほとんどがこの姿形のあるところに暮らしているわけだ。となると、この二つのもの、つまり、見えるものと見えないものを結んでくれるものがいるんだな」

それは言葉だ。ネコポンタがビニール傘を手にいれたのは、ネコポンタ自身が「傘を貸して欲しい」という言葉を発して俺に言ったからだ。

さらに、そう言うまえに、心のなかで「この人だったらわたしの願いを聞き入れてくれるかも」と言葉で思ったからだ。この2つの言葉が重なったところに、ひとつの結果がでる。「傘を貸して」という見える世界と、「それが欲しい」と心のなかで思う見えない世界が言葉で結ばれたのだ。

この世とあの世もそうだ。

見える世界と見えない世界だ。こちらからあの世をじっと見てもなにも見えないから、良からぬ想像をして恐怖を感じる。だから、昔の人は地獄極楽の様子を絵図にして語って聞かせた。「善い行いをしていれば、極楽へゆけるから心配することはない」と。その言葉でひと安心するわけだ。つまり、ここでは、言葉が、この世とあの世をきれいに繋いでいる。

「わたしも、聞いて知ってるわ。三途の川が流れていて、渡るとね、ぱあっと明るくなって、きれいな花がいっぱい咲いているらしいわよ」

「まことしやかに語られているその風景って、人が想像した世界だ。つまりバーチャルなんだけど、そう思うと、恐さからちょっとは救われる」

「あなたの言うとおりだわ。想像するということで、見える世界と見えないところを結んでいるのね。その、結ぶヒモが言葉だってことよね」

「もうちょっというと、想像するっていうけれど、勝手にその像が噴きでてくるわけじゃなく、考えているからこそでてくるんだ。その考えるという動作をするときに必要なのが、言葉なんだ」

「そうだわ！」

ネコポンタのふさふさのシッポが踊る。

「でもね。想像するって、お花畑みたいな綺麗なことばかりじゃないわ。汚くて、恐くて、嫌なことを思ったりするわ」

「そうだ。あの世だって、舌をひっこぬくハサミをもったエンマもおれば、血の池地獄なんていうのもある」

「人間さまも、ネコポンタ一族も、この世で善いことをしておかないと、あっちにいって恐ろしいめにあうからね、という戒めなんだろうけど、それでもね、あのリアルに描かれた地獄絵をみせつけられるとブルブルッと背筋がふるえるわ」
「ぱあっと明るくなることも、ブルブルッと震えることも、そうさせているのは、紛れもなく言葉なんだ」
「言葉は人を支配しているってことだわ」
「人間が言葉をうまく操っている、っていうふうにも考えられるぞ」

『言葉』

「言葉という生き物の生息地はね、くちびるの奥だけじゃなくって、文章を書くときも、考えるときも、行動するときも、その動作の裏面にそっと潜んでいるんだわ」

さすがネコポンタ。まさにそのとおり！そういいながら俺は、奴の毛並みを撫でた。

「やめて！さわっちゃ毛並みが乱れるわ」

「ごめん。おまえが今、やめてっていった瞬間、手がぴりっと凍ったようになった」

「怒ってはいないのよ。気にしないでね」

「そうじゃなく、ただ、その一言でね、手にブレーキがかかったよって言いたくって……」

「ブレーキねえ……ああそういうことだわ。わたしが、さわっちゃだめ！っていった言葉が、あなたの手をぴしっと止めたってことでしょう」

言葉という生き物は、ただ単に、伝えるという伝達手段だけでなく、人を動かすパワーをも持っている。手をかけていないのに、ストップさせたり、ゴーさせたりできるのだ。

「おいネコポンタ、ちょっと、それ取ってくれない？」

「これなの？まだクルミ茶が少し残っているんだけど……ちょっと待ってね」

つめたくなったお茶を、いっきに飲み干すと、マグカップをぺろりと舐めた。

「はい、これ！」

「ありがとうよ」

俺は奴から手渡しでそれを受けとると、その手でそのまま奴に返した。

「なんなのよ。せっかく渡したのに突き返してさあ」

「な。それ、取って！って言っただけで、こちらに手渡してくれただろう。俺は、マグカップなどといっていないのにだ。これって、指示したものを取らせるパワーが言葉にあるってことなのだ」

「わ、さっきはブレーキだったのに、今度は、わたしの手を動かせたんだわ。すごいわね」

「言葉って、なんでもコントロールできるんだ。たとえば、レストランにゆく道を聞かれるじゃない、するとそこのコンビニに添って右に曲がって、3つ目の辻をこんどは左にはいって、そのまま100メートル直進した左側にあります、って説明をするだろう。たずねた人は、その通りに歩いてレストランに着く。つまりね、言葉がナビ役になって、どんどん引っ張っていってくれるんだ」

「言葉の凄さって知ってたけどね、こんなに改めて説明されるとさあ、驚きだわ」

このことに限らず、こんなことは日常茶飯事にやっている。ただその動きや行為が、言葉のパワーによるものだ、という認識がないだけの話である。

だが、そのパワーを使うには作法がある。

言葉をしっかりと相手に向けること。言葉にしっかりと想いを乗せること。そして、言葉を尊敬することだ。この3つがないと、言葉のパワーを利用した詐欺になってしまう。

「それからね、もうひとつあるわ。言葉はね、それを使う人たちの信頼関係をつくってくれるわよ」

「そう、おまえが、森の彼とポプラ駅で12時に会おう、と約束したとするじゃない。するとし、当たり前のように、12時に駅で待つ。ここに、言葉がもっている信頼性がある」

「わたしはね、15分前に着くようにゆくわ」

「それは、おまえの勝手だ。2時間前でもいいんだぞ」

ネコポンタはくるりと回って背中をみせ、シッポを巻いた。拗ねたのだ。

「わたしは、絶対にしないけど、言葉を裏切る人がいるよね。日曜日にさあ、森で探検遊びをしたい人！って訊ねたら、みんながハーイって手をあげたのに、２人は来なかった。理由もなくだよ。そんな人って、どっかでしっぺ返しをくうわよね」

「そんなことをすると、まず、みんなから信頼をなくしてしまう。それから、言葉そのものからもそっぽを向かれる。これが恐いんだ」

「それって、言葉の逆襲かも……よ」

「まさに、そうだ」

「で、さあ、どんなにして襲いかかってくるんだろう」

「そっぽを向かれるから、言葉のパワーが亡くなる。死ぬんだな。なにを言っても、腑抜けになってしまう。そういうことだ」

「たとえばだ。ありがとうがありがとうとは伝わらなくなる。美味しいが、美味しいとは伝わらない。森の彼に大好きといっても、大好きは伝わらないってことだ」

「そうだわ。言葉がね、それを使っている人の心を言葉の背中に乗せることを拒否してしまうのね。乗車拒否だわ。そうなると、ただの記号になってしまうわ」

「と、いうことは、言葉から意味が抜け落ちるってことだ。記号に成り下がってしまったら、〔それ取って〕の〔それ〕が、何のことだか分からなくなってしまう」

このように、言葉の逆襲を知ると、もっともっと言葉のことを考えないといけなくなるし、もっと大切に使わないといけないし、尊敬しないといけない。

「まあ、そんなに堅苦しく考えなくってもね、まじめに、楽しく、愉快に、言葉と手をつないでいれば、それがいろんな成果になってあらわれてくるって思うわ」

「とにかく、不思議な生き物だ。言葉って。知恵を伝えてくれたり、ある物を取ってくれたり、人を動かしたり、泣かせたり笑わせたり怒らせたり、慰めてくれたり、勇気を与えてくれたり……」

「まだあるわ。あなたと出会えますように、って念じてるとね、ほら、こんなに逢わせてくれてるわけじゃない。お願いごとをするのも、この見えない言葉を使っているのね」

「あの出会いは、偶然だろう？」

「さあ、どうだか？」

いい言葉は、素敵なことを運んでくれて、わるい言葉は、嫌なことをつれてくると考えられる。だが、この世は、そうはうまくは運ばないことだってある。

そんな時でも、言葉を恨んだり、また落ち込んだりしないで、一度はそれを受け入れてみる。すると、なんらかの〔種〕を見つけられるかも知れない。〔種〕とは、次の行動へのヒントであったり、発想を転換するチャンスであったり、新しい人生ルートへ入る道しるべであったりするはずだ。と、まあ、こんなことを考え想像させてくれるのも、ほかならぬ〔言葉〕なのである。

『虫』

「そこの窓しめてくれない？お隣からカレーの臭いがするのが嫌なの……。わたしは雑食だから、人間が食べているものや、食べ残したものはいいんだけど、あのヒリヒリした臭いは駄目だわ」

「なるほどなあ。匂いじゃなくって臭いなんだ」

「あたりまえでしょう!」

つんと口を尖らせ、ネコポンタは勝手口から外に飛びだした。晩ご飯を調達にいったのだ。

俺は、レトルトカレーを鍋であたため、焚きたてのご飯にぶっかけて食べはじめた。お隣さんの夕食と同じだなあと思いながら、そして、ネコポンタの大嫌いな物だなあ、と思いながら……。

「いやあ、もう食べてるの。待っててね、っていったはずよ。おまけに、この嫌いな臭い。なんのつもりなの」

ぷんぷんしているようだが、あのボケーっとした容姿だから、まったく迫力はない。その手に握っていたのは野ネズミとちっちゃな虫だった。

「怒り虫が食べるのは、そんな下手物か」

「ゲテモノって失礼ね。それにオコリムシってなんなの?」

「おまえのなかに棲んでる、なんかあるとすぐぷんぷんする虫のことさ」

「あっ、そういえばさあ、不機嫌だと、それは〔虫の居どころが悪い〕んだっていうわね。いやーな予感がしたら〔虫の知らせがあった〕っていうし、子どもが病気になったら〔虫が出た〕っていうし、それからそれから、カンシャク虫とかフサギ虫もその仲間だわ……。とにかく、虫がうじょうじょいるんだわ」

もうすっかり、ネコポンタの虫が収まっている。

「さっきいったぷんぷん虫って、どんな姿してるか分かるかい」

「わたし、見たこともないから分からないわ」

「分からなくって正解だ。人間が勝手に考えだした虫なんだ。想像の虫っていうか、空想っていうか……」

「そうでしょう。だって、虫が嫌う、虫がおさまる、虫が痛い、虫がいい、虫が合うって、ずうっと昔からそういっているんでしょう。けど誰も見たことないんじゃない。それにさあ、これらの虫って、身体のなかにだけしか居ないんじゃゃない？」

「まさに、おまえの言うとおりだ」

たとえばだ。虫が鎮まるというのは、癇癪が鎮まるってことだ。で、そのカンシャクなるものを口で説明しろって言われても、なかなか難しい。なにごとにもぴりぴりしていて、些細なことでも気分次第でカカッと怒ってしまう性質をもったもの、と説明したところで、すんなりとは理解できない。

そこで、その精神状態を〔虫〕と言い表すと、もうそれで納得してしまう。ああ、その虫がむずむずしながら寝床から這いだし、怒りはじめたんだ！……と。つまり、見えないものを見える形にしてやると、説得力がでるってことなのだ。

「時計もそうだわ。つかみ所のない時の流れを、秒針や短長針で見えるようにしてるのね。でもね、故郷の森のなかの家にも時計があるんだけど、これが当てにならないのよ。曇って太陽が隠れたり、雨になったりすると、〔時〕そのものが消えてしまうのよ。無責任だと思わない？」

「それ、日時計だろう。夜になると埒があかないもんな。そんな時は、体内時計を使えばいい。生物だったらだいたい備わっているらしいけど、俺はそれを目覚ましとして使ってる。セットしておくと、だいたいその時間に目覚める。誤差は５分から１０分ほどだ」

「わたしも、それ欲しいわ　」

「生物時計っていう言い方もあるから、おまえも、多分持っている。で、セットの仕方なんだけど、寝床に入ったら、あすの朝7時に起きたい、って頭のなかで黙って思うんだ。それだけのことなんだ」

「わあー。それって言葉のパワーそのものじゃない」

「まさに、そうだ。そのことで言えば、体内に棲む虫って、言葉のカタマリじゃないのかな。虫を考えだした人の想いがいっぱい詰まっているんだから……」

「それからね、もっと凄いと思うのは、その虫をつまんで身体から放りだしてやれば、病が治るらしいわよ」

「まあ、これはイメージの世界だがね、でも分かりやすいよ。病をもった人には、この考えは救いだね」

「どうして？」

「嫌な病でも、ちゃんと治療すれば治るってことを、虫を追いだすとよくなると表現してるのだからね」

「発想でね、もっとおもしろいのは、身体に棲んでいる虫とは別に、人間そのものを虫に変身させてしまってるところだわ。読書家のことを〔本の虫〕っていうし、泣いてばかりいる子を〔泣き虫〕とか〔弱虫〕って呼んでるよ……いつから人間は虫になったのかしら。それとも、もともと虫なの？」

「そういえば、あのユダヤ人作家のカフカの小説にあったよね。突然に虫になった奴。ザムザという男が、朝、目覚めるとおおきな毒虫に変身してたっていう物語だ」

「なんか、むつかしそうね……。読んだの？」

「あんな厄介な作品なんか、読めるか！」

「でもさあ、ひとつはっきり言えるのはね、カフカよりも、私達日本人のほうがずっとはやくに、虫を主人公にした物語を作ってたってことよね。といっても、昔から言い伝えられてきた、あの虫たちのことだけど……」

なんとなく不可解なもの、説明しづらいもの、もやもやして掴み所のないもの、それらを虫にたとえた先人の知恵に驚く。あんなちっちゃな想像の虫を、精神世界のなかに引きずりこみ、それによってなんらかの納得感を生みだす。そこに、虫というものの存在理由がある。

「存在理由か！」

ネコポンタがうなだれる。

「どうした？」

「わたしみたいなものにも、存在している理由があるのかなあって、ふと、思ったの……ただ、それだけ……」

「傘を買ってあげただろう。それで、俺の存在理由がある。そのまえに、雨に濡れるから傘が欲しいって、おまえが言っただろう。それで、おまえの存在理由がある」

「えっ、そんなことで？」

「おまえも俺も、生きてるよね。そのことがそのまんま存在理由だってことだ。むつかしく考えなくっていい」

「お喋りしているのが、こんなに楽しいのも、生きてるもの同志の存在を確認しているからなのかしらね」

「おまえの位置を確かめ、俺の位置も知るってことだな」

「おたがいの思考のレベルがどのへんだろうか、とか、頭脳エンジンが劣化していないだろうか、とか、心の柔らかさはマシュマロに負けてはいないだろうか、色々ね」

『ダイアローグ』

「おまえ、そんなこと考えながら、俺と喋ってるのか？」

「まあ、気づいていなかったのね。お喋りは、あなたをチェックする絶好の場所なのよ」

「それで、俺の評価は？」

「このお喋りリングでね、あなたとわたしは、互角で戦ってるってことだわ」

「五分五分か。……でもなあ、自分が考えた喋りだけでなくって、相手が言ってくれた言葉に誘われて、気がついたら、新鮮な発想の喋りが自分の口からでていることもある」

「でしょう。だから、五分まるまる、あなたの得点ってわけじゃないのよ」

「えっ、俺の得点から何点か天引きされ、おまえの口座に振り込まれるってことか。だったら、その逆もあるよな。俺のセンスある喋りにつられて……とか」

考えてもないことが、偶然にでてくることがある。えっ！そんなこと考えてたのか、って自分ながらその発想の斬新さに驚くことがある。それは、相手が喋ったなかに鉤（カギ）のついた言葉があり、そいつに引っかけられて俺の思考の奥に眠っていたフレーズが飛びだすわけだ。

「故郷の森の家で、シロアリがいっぱいいて困ってたとき、駆除屋さんとお喋りしたんだけど。羽が付いているときのシロアリは、明るい光りの方にしか飛んでゆかないんだって。だけどね、羽がぽろっと落ちると、今度は、暗く湿った方向にしかいかないって……そんなに単純に１８０度も方向転換できるのかしらねえ」

「たった羽2枚ごときで、明暗を逆転してしまうところが、おもしろいな」

「でしょう。わたしはね、羽のつけ根についているセンサーのことを勝手に想像してみたの。羽の重みがかかると、脳にある方向指示センターに〔明〕という信号が送られ、取れて軽くなると〔暗〕に切り替わるって仕組みなのね。もちろん、これは、まったく根拠はないわ。でも、愉快でしょう」

「そんなに、イメージをさせてもらえるような思考のための餌が、喋りのなかに含まれていると、それに食いついて、想像が膨らむんだ」

「でもさあ、美味しい餌だって食いつかない奴もいるわ。疑似餌かもしれないぞ、って警戒するんだろうね」

「いや、そうじゃなく、餌そのものの存在に気づいていない、そんな輩もいっぱいいるよ」

幾ら喋っても喋っても、懇切丁寧に喋っても、こちらの言い分が分かってもらえないことも多々ある。かといって、一言喋るだけですべてを理解してもらえることもある。この違いはいったいなんなのか。

そこで、誰かが考えた言葉がある。〔相性〕である。生まれた年月を干支や星にあてはめて、縁が合う合わないを決める、そのアイショウである。相性がいいと、おたがいが喋ることをスーと分かり合え、悪いとぎこちなくしっくりこない。かくて、気の合う話相手をさがすことになるが、これも偶然のなかでしか見つからない。だから、見つけたら、嫌がられない程度に寄り添い、会話を楽しむことだ。そうすれば、脳磨きができる。

「そうなんだ。脳も磨かないといけないんだわ」

「歯も磨かないと虫歯になってポロッと抜ける。脳もそれをしないと、どんどん細胞が死んでゆく……ついでに言うと、喋りは外に向かっての脳磨きで、学問は内に向かっての脳磨きなんだ」

「なるほど、なるほど」

ポンポコポン。ネコポンタが腹鼓をうった。

この相性の合う人とは、かなり激しいやり取りをしたって、それを善意に昇華させてしまうパワーがある。なぜかといえば、相性ゆえである。

だが、そうでない人、つまり、相性の悪い人はもちろんだが、普通の人との会話では、あまり相手の言葉を拾いすぎないことだ。美味しくもない言葉が喉につかえて苦しくなるからだ。心の負担になる。また、相手が窮地に立ったとき、どこからか逃げられるよう、非常口をつくっておいてあげるといい。追い詰めたり、急き立てたりすることはしない。

そういう思いやりも、喋りの潤滑油だ。

「そう、思いやりなんだけど。わたしの友だちがね、もう結婚してるんだけど、故郷の森にあるスターなんとかというコーヒー屋さんで、ある商品を注文したんだって。すると、カウンターの人がね『お客さま、低脂肪の商品になさいませんか？』って笑顔で言葉を返してきたそう。丁度、妊娠しているときだったので、妊婦さんの脂肪のとりすぎはよくない！っていうメッセージだったのよ。これに、友だちがとても感動したって……」

ダイアローグ、つまり、お喋りに心を揺り動かす一言が添えられていると、脳磨きがさらに加速する。

「受け手の、こちらの身体を素通りしてしまう言葉もいっぱいあるけど、おまえが言ったように、心の奥まで届くものもある。中途半端に皮膚の表面で止まってしまって、ざらざら感だけを残すものもある」

「なにが違うのかしら。使ってる言葉はおなじなのに……」

「人間をつくっている成分の一つ、カンジョウがどれだけ含まれているかってことだ」

『感情』

「カンジョウって、感情のことだわね」

「うん。それって、心の働きに深くかかわるものだ。例えばだ。ささいなことで、おまえと喧嘩したとするだろう。そのときに、心の中から込み上げてくる怒り。それを引き起こす成分が、カンジョウってことだ」

「ひどいじゃない。選りによって、そんな例えをもちだすなんて……」

「ごめんよ」

「そんな言い方じゃあ、あなたのカンジョウ成分が、かなり足りないわ。もっと、感情をこめて謝らないと……」

「はいはい」

カンジョウ成分は、液体である。いちおう基本的には、４つのゾーンを、のらりくらりと漂っている。喜怒哀楽という4地区だ。保管されている箱は肉体だ。だから、箱の歪み具合によってカンジョウ成分は微妙な動きをする。〔泣き笑い〕っていうのは、その最たるものだ。また、4地区をコロコロと変わるところは、女心と秋の空、といわれているようにカンジョウの得意とするところだ。

「失礼じゃない！女心って、そんなに変わるものじゃございませんわ。ふん！まわりがそのようにさせているのでございますわ。一応、わたしも女性ですから言わせてもらいましたけど……これからはお喋りにはお気をつけなさって……」

「はい、もうそれで、すべて吐き出しくれましたか。カンジョウ成分が溜まったままだと、身体に悪い影響をあたえるからね。カッとなったものをすべて処分してしまうと、カンジョウ成分は極めて落ち着くのだ」

「でもさあ、吐き出してしまえば、すべてが丸く収まるってことじゃないわ。好きだよって吐かれたら嬉しくなるけど、馬鹿野郎、そんなこと分からねえのか！って吐かれるとさあ、おどおどしてしまって……」

「そりゃあ、俺だって……」

「でしょう」

「カンジョウをコントロールできずに、かっとなってしまうと、言葉という刃物をふりまわすことになる。だから、カンジョウの扱いには気を配らないとね」

「そうなのよ。カンジョウは危険物扱いにして、慎重に接するべきよね。わたしも、吐きかけられて落ち込み、故郷の森を、さ迷うことも何度かあったわ。だから余計に敏感になるわ」

カンジョウとは、見えないところに棲み、優しさと獰猛さを併せ持つ液体状の生き物だ。それなりの意思と行動力をもっていて、そこに無秩序性を潜ませているのが、なんとも不気味である。

「カンジョウという液体の入ったビンがふつふつとしはじめたとき、もうその蓋を閉めることはむつかしいって思うわ。だってさあ、もうそのときは、感情が突っ走りかけてるんだから……この勢いにのって、言ってしまえ！ってなるわ。いけないことなんだけど……ね」

「さあ、そこを制御できるか。そこんところに『人格』がみえるんだ」

「でも、やっぱりむつかしいわ」

『頭飾り』

「話は替わるけど、さっき、おまえ、〔さ迷う〕っていったよなあ」

「森のなかを……ってことなのかしら？」

「それ、〔彷徨う〕だったらいけなかったのか」

「どうして？そんなこと聞くの？」

「うん、ちょっと聞きたくなったからだ。気紛れだ」

「落ち込んだときって、じっとしていられないじゃない。だからさあ、森のなかをふらふらしてたんだけど、そんな時って、どこを今歩いてるかって意識しないよね。故郷の森なんだっていう意識も飛んでるよ。だから、迷って、と言ったのよ」

「おいおい、〔迷う〕に〔さ〕が付いてないぞ」

「さすが、あなた！いいところにお気づきになったわ」

「なんだ？その言い方は？」

「あ、ちょっと舌が滑っちゃったわ。ごめんなさい。〔迷う〕と〔さ迷う〕の違うところを言いたかったのよ」

「それくらい知ってる。〔迷う〕っていう言葉の調子を整えるために、〔さ〕をつけたんだろう」

「これを文法でいう接頭語なんだけどさあ、他にも、なかなかおもしろいキャラクターを持った接頭語があるよ。たとえば、〔か細い〕とか〔ど真ん中〕〔ま昼〕〔ど派手〕など、いっぱいあるわ。どれも、その接頭語だけでは自立できない弱い子なのね。ところが、一度なんかの言葉にくっついてしまうと、宿り木のように本体を喰ってしまうのよ」

「うーん。喰う、というより、本体の言葉に、いろいろとちょっかいを出してしまう、って言った方が正確だよな」

「比喩の使い方がまずくて、ごめんね……で、どんな、ちょっかいかっていうとね、か細いの〔か〕は、本体を強調しているの。とっても細い、っていうように。ど派手でいえばね、びっくりするほど派手、っていう意味になるのね。これってさあ、愛すべきちょっかいだわ」

ネコポンタはこのように熱く語るが、接頭語の素晴らしいところは、もっとある。ぶち壊すの〔ぶち〕などは、ただたんに壊すのではなく、荒々しく動作しながら、という意味がくっつく。小賢しい（こざかしい）の〔小〕は、〔賢い〕の頭にくっついているが、これは、ちょっぴり賢いということではなく、利口ぶって生意気だ！ってことになる。もともとの意味を屈折させているわけだ。とにかく、単語の頭に、ちょこっとくっつくだけで、こんなにも言葉の表情をかえてしまうのか、と驚く。

「この〔小〕だけど、〔小一時間〕となるとさあ、〔ほぼそれくらい〕という意味合いになって、1時間のストライクゾーンが広まる感じがするわ」

それだけじゃないよ、と俺は話を続ける。

「その小高い山に登るには、小一時間かかる。途中で小雨が降ってきたので、木陰に走り込もうとしたとき、小石につまずいて転んだ。そばで小娘がけらけら笑った」

「まるわかりだわ。〔小〕を5つも使おうってするからさあ、つまらない文章になっちゃってるわ」

「意味合いが、それぞれ微妙に違っているのがわかるだろう。小娘だけがまったく色合いが異なるけどね」

「もう一つだけいわせて。〔小〕つながりなんだけどね。小綺麗な服装ね、っていう場合、ただたんに綺麗だわっていうのじゃなく、派手さはないけれど、でも清潔感があって感じがいい、ってことだわね。これって、わたし、一番好きな接頭語なんです。綺麗ってことをふんわりと表現してる。言葉の柔軟剤って感じがするわ」

たぶん、ネコポンタも化ける時には、葉っぱを頭に一枚乗せるに違いない。まるで、接頭語のように……。

「違うわよ。わたしが化ける時は、そんな微妙な変身じゃない。くるっと別物になるからさあ。驚かないでよ！」

『理屈』

さて、考え事をするときも、頭になにかを乗せる。それは、いい考えが出ますように！

という想いを抱くということだ。

たとえば、傘をどこに忘れてきたのか思いだせない、って言う場合。

雨が降っていた。傘をさしてでかける。途中、コンビニに立ち寄り、駅に向かう。電車に乗り、最寄りの駅でおり、地下街を歩いて会社へ。まだ雨は降っていたが、退社のときはもう降っていなかった。傘を手にもったまま、同じコースをとって帰った。その間ずっと降らなかった。——この場合、忘れた地点は、雨と傘の関係が途切れたところの時間帯である。つまり、降っていなかった帰りのルートのどこか、ということになる。

家をでるとき雨は降っていなかった。空模様が怪しかったので、一応、傘を持ってでかけたのだ。でも、ずうっと降らずに、そのまま会社から帰宅した。——この場合、雨と傘の関係がまったく無かったわけだから、すべてのルートが疑わしい範囲となる。

雨が激しく降っていたので、傘を持たずに、車で駅まで送ってもらった。あとはいつものルートで会社へ。退社して、電車で駅まで帰ってきた。まだ雨は降っていた。そこで、傘をどこかへ忘れてきた?となる。——これは、傘を忘れたのではなく、車で送ってもらったことを忘れているのだ。厄介な健忘症だ。

で、この傘忘れ現象なるものを操っているのは誰か、というと、空模様である。天のキャンバスに描かれる絵模様が、人に色々と悪戯というか、悪さをする。その絵が持っているパワーが、傘をあちらこちらへと引き回すのだ。その結果、傘がどっかへ弾き飛ばされる。記憶から姿を消すわけだ。だから、忘れたからといって、そんな自分を責めることはない。当然のことながら、３つめの例を除いてのことだが……。

「うわー、あなたの考え方って素敵だわ」

「理屈をもってくるとね、傘を誘拐した犯人、いや、主犯格を見つけ出すことができるってことだし、謎解きみたいで楽しいだろうが」

「あの人、理屈っぽくてうるさいわ！って嫌われるケースがおおいけれど、こんな理屈だったら楽しいわ。暗い事だって明るくできるかもね」

「風邪だってそうだ。しつこくってなかなか抜けない。俺の免疫力が落ちたのか、それとも菌が強くなったのか、と落ち込んでいるとするだろう」

「ええ、それで？」

「長引くのは、おまえの身体の中の居心地がいいからだ。だから菌にとっての環境を悪くしてやると、奴だって尻尾をまいて出てゆくよ、ってね」

「病ってさあ、身体に巣くっているんだものね」

「健康のことを考えると、いつも病原菌に対して悪い環境をつくっておくことが必要なんだ。住みづらくするってことだ」

「当たり前のことだわ。でも、立場を逆転してみると、こちら側を客観的にみることができるわね」

理屈を、筋のとおった論理とするならば、それで勝負するのは避けたい。その人の臭みがでるからだ。また、理屈をこねると嫌われる。自分だけを正当化するからだ。ならば、理屈でまぶす、とどうなるか。おもしろくなる。こんな美味しい解釈の仕方があるのだ、と思えるからだ。

『臭覚と視覚』

「なあ、ネコポンタ。さっきはクルミ茶を飲んだから、今度はコーヒーはどうだ」

「飲み物ばかりじゃ嫌ね。森の栗で作ったモンブランとセットがいいわ」

「おまえ、雑食だろう。贅沢だな……でもまあ俺も大好きなケーキだから、あの高架下の喫茶店にゆくか」

ガラス戸をあけると、いらっしゃいませ、お二階へ！と声がかかる。ごくあたりまえのセリフだが、登る木製の階段は、覚悟しないといけないほど勾配がきつい。老人は無理だ。さすがネコポンタの身のこなしに唸る。厨房が一階なので、オーダーした商品はこの階段を登ってくる。

「うわーおいしそう」

奴は、注文のコーヒーとモンブランのセットを、まだ見ていないのに、階段を登ってくる気配のなかで、もう感知している。

「匂いが、おいしいの?」

「だってさあ、鼻がぴくぴくするんだもん」

「どっちの匂いだ？」

「コーヒーは、エチオピアイルガチェフェの香りね。ケーキは、栗の渋く甘い香りとそこに溶け込んだブランデーの匂いが漂ってくるわ」

まだ目の前にきていないのに、奴は、そう言う。鼻で判断しているということは、嗅覚で物事を見つめているということになる。つまり、嗅覚による思考である。今までは、頭で考えているとばかり思っていたのに、である。であるならば、聴覚でも、味覚でも、触覚でも、そして視覚でも思考していたことになる。ただ、頭での思考は、練って考えるわけだが、これら五感によるものは、どちらかと言うと直感の働きが強いように思える。ならば、どちらが信頼度が高いか、といったことになるが、それは考えたくはない。説明しづらいが、直感が本来の思考を超えている場合もままあるからだ。

「いつまで、鼻をぴくぴくさせてるんだ」

「この匂いのなかに浸っているのが最高だわ」

ネコポンタはそう言いながら幸せそうに目を閉じている。

「目をあけてごらん。すると、嗅覚と視覚、二重のおいしさが飛び込んでくるぞ」

嬉しそうに、そのちっちゃな目を二つあける。

「えっ！これっ牛乳だわ」

モンブランケーキのそばの、コーヒーカップにはいった白い液体を指さす。

「さっき、エチオピアイルガチェフェのいい香りって言ったじゃない」

「ええ、そうだけど……でも琥珀色じゃなく白だもの。コーヒーじゃないわ」

嗅覚で考えたとき、まさにコーヒーだった。しかし、視覚で考えると牛乳だった。と、するならば、その結論を急ぐのであれば、飲んでみたらいい。決着を味覚につけてもらおうってことだ。結果、紛れもなくコーヒーだ、ということになれば、視覚が騙されていたことになる。コーヒーは琥珀色のもの、という概念が心にへばりついていたからだ。

もちろん、白いコーヒーがあるのかどうか、それは知らない。しかし、視覚に脳が騙されたという事例はいっぱいある。

遊園地にあるビックリハウスもその一つ。小さな家のなかに入り、部屋にセットされているブランコに乗る。揺らさないでただ坐っているだけだ。すると、家そのものがモーターの力で天地を反転させながらくるくると廻りはじめる。床が頭のうえにのぼりつめ、天井が足もとに下りてくる。その動作が繰り返される。すると、ブランコに乗った自分がふわっと空中を回っているように感じる。固定された一点に坐っているだけなのに、まわりの動きに感覚が振り回されるのだ。視覚をとりこんだ騙しである。

オランダの版画家のエッシャーの作品もそうだ。二階への階段を上っているように見える人物が、実は地下へ降りている。水が三階から一階に流れ落ちているのに、その一階と三階がフラットにつながっているという絵もある。幾何学的な方法を使って、騙し絵の世界を描いている。

で、視覚がなぜそんなにパワーがあるのか、といえば、見えているという説得力の強さであろう。なにも無い！と言われても、見えていれば、それを消し去ることはできない。報道写真などの迫力は、見えていることの存在感。つまりメッセージ力である。だが、視覚にも弱点がある。見えるものしか見えない、ということだ。裏を返せば、見えないものは表現のしようがないってことだ。

「でもさあ、表現のしようがないんだったら、それを逆手にとって、想像の女神を飛び回らせて、自分なりの幻想世界を描けばいいんだわね」

ネコポンタは嬉しそうにそう言った。

『解釈』

ひねくれ者の霞（かすみ）についてひとこと。

霞というものは、見えていても存在感が薄く、なおかつ、見えているものの邪魔をして見えづらくする。水滴が空気中を遊びまわるために、辺りがぼんやりとして見えづらく、遠くの風景をベールのむこうに隠してしまう。

「霞は、春にも秋にもでるんだってね」

「いやあ、秋の霞は霧っていうんだ」

「おんなじ現象なんでしょう」

「そうらしいけど……」

「じゃあ、どうして言い方をかえるのよ」

「それは……季節が違うからだ」

「春は、のほほんとしてて、秋は、きりっとしてるじゃない。性格が違って仲が悪いのよ。だから、わたしは、その表現の違いは意地の張り合いだと思うわ」

「まあ、そういう解釈の仕方もいいと思う。が、ずっと昔は、そんな意地による区別はなくて、遠い近いによる表現の違いだったみたいだ。遠くにたなびいているのを霞、近くのものを霧と呼んだらしいなあ」

霞と霧。このひとつをとってみても、解釈の仕方が、今と昔では異なっている。現象はまったく同じでもだ。どこがどのように変わったのか、といえば、解釈とは自分の理解の仕方、受け手の問題だからだ。

富士山を描いても、なだらかな裾野をひく雄大な姿にする人もいれば、天を突くような尖った山にする人もいる。正三角形にする人もだ。富士はたった一つの姿なのに、見る人の解釈によって○△□になる。三人三様だから、おもしろい。が、そこに、こちら側の資質が問われるという恐さがある。

「裁判もそうだ。法律に従って裁くわけだが、その法の解釈の仕方によって、有罪になったり無罪となったりする」

「法律っていうルール枠のなかで判断するのにさあ、白黒が分かれることもあるんだね……。そうみると、〔解釈〕によって物事が七変化するんだね」

「七変化したところで、物の本質とか真理に迫るという姿勢には変わりはない」

「やっぱり難しいわね」

「でもな。しっかりと解釈する習慣をつけておくと、いろんな発見があるぞ。たとえば、〔雑〕という文字をみてみると、どうでもいいものや嫌なもの、ひと括りにしにくいものを、この〔雑〕一文字で束ねていることがわかる」

「えっ、どんなふうに？」

名を持たない自然に生えた草のことを〔雑草〕という。でも、人間にとっては邪魔かもしれないが、昆虫にとっては有益な草かも知れない。

人込みのことを〔雑踏〕という。でも、賑やかでいいじゃないか。初詣でやバーゲンセールは、人込みがあってこそ、それなりの雰囲気がでる。

とりとめのない会話を〔雑談〕という。でも、気楽なお喋りだからこそ生まれる愛や憎しみがある。

汚れを拭くものを〔雑巾〕という。でも、食器を拭くのを布巾という。これは、同じ仕事をしているのに不公平だ。

思いついたままのメモを〔雑記〕という。でも、飾り気のない文章って、かなり魅力的だ。

どんなものでも食べてしまうのを〔雑食〕という。でも、いろいろ食するからグルメになれる。ネコポンタのように。

このように〔雑〕の本来の意味と俺の解釈をくらべてみると、そこに隙間がある。そこに垣間見えるのは、ひとつの現象を束ねるという意味だけを重視し、あえて本質を見ようとはしていないということだ。このことが、解釈するという行為で浮かびあがってきたわけだ。

「だったらね、解釈するってことは、ひとまわり大きな視野を手に入れるってことだわね」

ネコポンタ。またまた納得した様子だ。

が、妙なことを言った。

「さっき、○△□って言ったわね。わたしも、それを使う時は、○が先で、まん中が△で、最後が□という順番で言うんだけど。もちろん無意識にね。でもさあ、△○□でもいいし、□△○でもいいのにな、とふと思ったのよ……マル・サンカク・シカク、っていう語呂がいいのかしら？」

「三つの視覚的安定感かな？でも、それじゃあ△が一番上で一番下が□ってことだよな」

「画数かな？」

「いいとこに気づいたな。それじゃないけど、角の数の順番だ。たぶん」

「カド？」

「○は角はゼロ、△は角3つ、□は4つだ」

「なんだ。つまらない質問して、ごめんね」

「いや、よかったよ。じっくりと考えてみると、何にでもそれなりの理由があるってことだ」

「つまらない続きで、もうひとつ聞いていい？」

「ああ、いいよ」

『なり』

「わたしは免許もってないんだけど、乗せてもらっててね、感じたの。カーナビのお喋りで、〔次の信号をコンビニに添って右に曲がり、それからしばらくは道なりに走ってください〕と言うんだけど、その〔道なり〕って、そのまんまその道をゆきなさいってことなのよね」

「そう。道に添ってどんどん行きなさいってことだ」

「でしょう。なのにね、辞書をひいたら〔道形〕って書いてあったの。〔形〕を〔なり〕と読ませているのよ。それを見てね、辞書で調べないほうが〔なり〕をすんなりと理解できたのになあって思ったわ」

「そうだなあ。〔なり〕という平仮名そのものに、意味合いが染み込んでいるってことだ。まあそれはそれとして、〔なり〕はとても優しい言葉なんだよ」

「例えて言えば？」

「ネコポンタ〔なり〕に頑張って、俺についてきたね！とね」

「それって、わたしが動物なのに、人間のなかにはいって一生懸命にやってきたね、っていう褒め言葉なのね」

「まさしく、そうだ！」

〔なり〕という表現のなかには、環境の違う人間社会に馴染もうと努力している姿がありありと描かれている。やさしく、ネコポンタを包んでいるとも言える。

「わたしは、手がちっちゃくて、習字がうまく書けないのだけれど、下手は下手〔なり〕に頑張ればいいわけね」

ここでは、目に見える習字のうまさではなく、目には見えない心の姿勢が問われているのだ。もちろん、言葉の意味合いには、明暗というか表裏がある。ここで言ったのはもちろん〔明〕だが、「彼はなにをしても、親の言い〔なり〕ばかりで、なにを考えているのか分からない」というように、自立心のなさを嘆くことにも使われる。もちろん〔暗〕の意味でだ。

まあ、明暗どちらにしても、〔なり〕は、ある事柄に従順であるということだ。つまり〔なり〕は〔従う〕ということになるが、人生のなかの禍福にたいしても、この〔なり〕を上手に使いこなすことができれば、生きる負担が少しは楽になるのではないか。病気の治療もそうだ。やるべきことはやって、あとは〔なりゆき〕にまかせるという考えは、心の負担を軽くするはずだ。そう考えると、〔なり〕は、ある種の苦しみから救ってくれる言葉としてとらえられる。

「傷ついた心に、そっと寄り添ってくれる言葉のような気がするわ」

「そうだ。人間は万能じゃないんだから、すべてのことに立ち向かっていって勝利を得れるものじゃない」

「そうすると、その場凌ぎっていわれるかもしれないけれど、負った傷のところに貼る絆創膏みたいなものだわね。その〔なりゆき〕って言葉は……」

「そうしておけば、あとは時が癒してくれるからな」

もちろん、苦しくなったら即、〔なりゆき〕に任せてしまうのは間違いだ。あくまでも、この〔なりゆきに任せる〕という言葉は、ある事柄が人間の領域を越えたところでこそ、使うものだ、という認識が必要だ。

『色』

高架下の喫茶店が閉まるのは、終電車が頭のうえを通過したあとだ。つまり、騒音が消えると店の灯火も消えるってわけだ。どうしてなのか、店のオーナーにたずねたことがある。苦笑いしながらこう言った。「ガタゴトガタゴトの音が聞こえないと、コーヒー豆の焙煎をしていても、落ち着かないんだ」と。音のなかで暮らしていて、それが消えると、ぽかんと空洞ができ、不安定になる。逆に、静かなところで、たまにガタンと音がすると、落ち着かなくなる。どちらであれ、その空間の佇まいを壊す奴がでてくると、イライラ虫が動きだすのだ。

「窓辺に遊ぶ街あかりが、一つ、また一つと闇に沈んでゆくとさあ、なんだか物寂しいわ」

「光と色が無理心中してゆくんだから、それは寂しいよな」

「なんだか、湿っぽくなってるわね」

「おまえが、マドベニアソブ〜なんて雰囲気をだすからだよ」

「悪いのは、ここのマスターよ。終電車がこのうえをとおったら店を閉めますからねって言うからよ」

「終電車という響きに酔ったんだ。おまえ……似合わないぞ」

「もお……」

ネコポンタはくるりと背中を向けた。

「ごめん。言い過ぎた」

謝りながら、俺は、光と色のことを考えていた。ヒカリ、太陽光というのは、色の束でできている。すべての色を含んでいるのだ。リンゴに光りがあたったら、赤や青や緑や黄や紫の光線があたっているのだ。ただ、光の世界にも相性があって、嫌な色だけ跳ね飛ばし、他は素直に吸収する。ここでは、赤い光線を放り投げたので、赤く見えたってことだ。

「跳ね飛ばす、とか、放り投げる、とか。荒っぽい言い方だわ。他に言い方あるでしょう。反射させる、とか……」

「はいはい……とにかく、見えてる色は、この反射されたものだけを、人間の目が認識している、ということになる」

「見えている色って、その色自身が強い性格をもっているのだわ。主張するパワーを秘めているっていうか……」

「うーむ。強いといってしまうと誤解を生むかもね」

「どうして？」

「色が、人の心に響かせるものって、強さだけじゃない。それぞれ役割が分担されているんだ」

だいだい色などは暖色といわれ、暖かさを感じさせる。反対に、青色などは寒色といい、ひんやり冷たいものだ。がちっと強い色もあれば、肌色のようにやさしいものもある。まるで人間の性格のようにいろんなものが含まれている。

「人のようにって、あなたのように、軽ーるい色もあるの?」

「あるある。パステルカラーなんてみなそうだ」

「ふん、そうなの」

と、いっても、色そのものに、寒暖や軽さ重さなどの意味は持ってはいない。人間の感覚がその色に反応しているだけなのだから。ところが、その反応が恐い。同じおおきさの丸を二つ描き、一つを黄色で塗りつぶし、もう一方を青色でつぶす。黄色のほうの丸は、見るからに暖かくて大きい。青色は、冷たくて縮んで小さい。が、それは感覚がゆがめられているだけで、形や面積そのものに変化はない。換言すると、色は人の感覚という内的なものに作用するが、姿形という外的なものを歪めない、ということだ。

「色は、いろんな色彩をもってるけど、形がないわね。あるとおもしろいのにね。赤色はイチゴの形、黄色は三日月の形、緑色は木の形、茶色は馬の形などなど……」

「ほとんどの物は、姿形があるから目に見える。でも色は違う。見えるのに形がない。形がないのに、人の心のなかにどんどん入りこんでくる」

「これって、ちょっと恐くない？」

「それよりも、厚かましい奴だ。目から勝手に飛び込んできて、『もう赤く熟れてきたからこの果実食べごろだ。美味しいから食べな』って突きだしてくる」

「色が喋ってくれるって、ありがたいわ。トマトなどの赤色はリコピンといって、ガンの抑制になるじゃない。カテキンの黄色は、抗菌作用があるし。緑色のピーマンが熟すとね、黄色から赤に変わるのね。カプサンチンが増えるからなんだけど、この成分が生活習慣病予防に役立つのよ」

「そうなんだ。だから、野菜は、いろんな色のものを取り混ぜて食べると健康にいいって言われてるんだ」

「えらい！野菜は色で食べるのよ」

「まさに。色はえらい！言葉のなかでも活躍してるぞ。もうちょっと安くならないかなあ、っていうとき、色をつけてくれない？っていうだろう。つまり、やさしく、おねだりしているわけだ」

「そうだわ。色に、人の情を乗せるってことだわ」

「色好い返事をお待ちしています、とか、反省の色がないぞ、とか、驚きの色をみせる、などもそうだ」

「あなたの好きな、色気とか色目、色恋。色はつかつかと愛情の領域にまで踏み込んでしまってるわ」

色は形を持たないが目には見える。さらに、さまざまな分野に働きかけることがうまい。人の心情を操ることに長けている。とするならば、色は、人の心にとても近い存在だ。心も形をもっていないが、その心のオーナーには確実に見えているからだ。ただ大きな違いがある。心は思考するが、色はまったくしない。言ってみれば、色は、思考しなければいけないところを他人まかせにしているのである。

『選択』

ある日のことだ。食堂に入ったら、今日のおまかせ定食っていうメニューがあった。たまたま昨日もここにきていて、カツドン定食にしていたので、違うものを、というのりで、おまかせを注文した。すると、カツドン定食がどんと出た。赤だし汁の代わりに豚汁がついていた。残った材料で、おまかせを作ったのか、と一瞬疑ったが、レジでお代を払って、疑いどおりになった。１５０円も安かったのだ。

「馬鹿だわねえ。おまかせって、思考を放棄したことなんだよ。考えるのが煩わしいからってね……だから、同じものでも文句はいえないよ。安くしてあったのは、お客に、ぐだぐだ言わせないためだわ。賢いわ、そのお店の大将！」

ネコポンタは感心したように腕を組んだ。

おまかせ、とは、相手の考えのままになるってことだから、そこに落とし穴がある。おまかせ刺身定食だと、旬の生きのいい魚をどんと付けてくれている、と勘違いする。もちろん、良心的なおまかせもあるから、誤解なきように。

「これからは失敗しないでよ！それでも、おまかせが好きだったらね、ご自身におまかせ！っていう姿勢をとったらいいわ」

「はいはい、自分のことは自分で考えろってことだろう」

たかが、一定食騒動のために、〔おまかせ〕という言葉を葬り去らねばならないとは残念だ。で、〔おまかせ〕を放り投げてしまうと、残るのは〔選択〕という奴である。

病床にあった桂米朝さんを息子の桂米団治さんが見舞う。何が食べたいですかと聞くと、うん、という頷きだけが返ってくる。この羽織を肩にかけましょうかと聞くと、うん、とだけ返ってくる。気分はどうですかと聞くと、うん、と返る。そうか、うん、だけか。それではこのあたりで、と米団治さんが、私に財産を譲ってくれますかと聞く。うん、を心待ちにしていたところ、首をしっかりと左右に振ったそうだ。

「このお話しのどこに選択があるのか、分からないわ」

「ふたつの選択肢があった。ひとつは、余命いくばくもない父の悲しみを話として拾うか、落語家としての父の姿を拾うか、だ。結果は、このとおり。死の間際まで落語家であった、という方を選んだ。賢いというか、もっとも相応しい選びであったよ」

「お父さんの方を選んでいたら、親子の関係をとったわけね。落語家だったら、偉大な父の存在を示したことになるんだ。こうみると、素敵な選択だったたってことだわ」

だから、ただ単に選べばいいんじゃなく、一つを摘みだす手に、温かい想いが流れていないと失敗するってことだ。血管に温もりが伝わると、脳も活性化して、より正しい方向に思考が動く。

「ブティックへ、服を買いにゆくと、いつも迷うのね。あれも欲しいし、これも似合ってそうだし、と……。考えれば考えるほど、迷いが深くなるのよね。そうなると、選択するのを放り投げて、お店の人に訊ねてしまうわ」

「どっちにしたらいいのかって？」

「サーキュラースカートをさがしてるんだけど、花柄がいいかしら、それとも、ピンクの無地かしら……ってね」

「すると、たぶん、こういうだろう。お客さまは色白で、お綺麗でいらっしゃいますから、どちらもお似合いですよ、とね」

店側は、買ってもらえればそれでいい。少々、トップスと不釣合であろうが知ったことじゃない。そのことを集約した言葉が、どちらもお似合いですよ、だ。たとえば、踏み込みすぎて、色白でいらっしゃるからピンクが映えますし、華やかさもお持ちですから花柄がお似合いです……。なんて応えてしまうと、決めかねていた客の心をよけいに攪乱してしまう。結果、両方とも買ってもらえればいいが、じゃあまた考えて出直しますわ、と、なりかねない。

「迷っても、訊ねても、答えはでないってことだわ」

「だってそうだろう。訊ねようとした段階で、もう買手の決心はついてるんだから。これを買おうって、ね」

ここでの迷いは、両方とも、つまり花柄もピンクもしっかりと欲望の範疇に入っている。どっちに転んだって、本人にとっては、お似合いなのだ。なのに余分なことを店の人にたずね、結局周りの人に迷惑をかける。でも、こんなプロセスが買物をする楽しみのひとつなのだ。

「そう！選択で遊んでるんだわ。喫茶店で、なににしようかな？って迷ってみせるけれど、その間に、あなたが『○○○にしようか』って言ってくれるのを待ってるのよね」

「でも、うん！それにする！って言わないときもあるだろう」

「あるわ。だって嫌いなもの飲めないもの……」

「だったら、はっきり言えばいい。こちらが迷惑だ」

選択は一歩まえに進むための関所みたいなものだから、避けては通れない。二者択一だったら勢いだけでも決められるが、選択肢が多くなるとそうはゆかない。ところが、気づかないところで、その領域が狭められていることがある。スニーカーを買いに、安売りセール中の量販店に行ったとする。メーカーも種類も多い。ここで、気に入りの安価なものというのであれば、高めのものはオミットされる。値段は考えず、好きなメーカーで探すというのなら、他のメーカーは排除される。つまり、条件をつけることで選択肢の数がぐっと減る。

ブティックで買おうとしたスカートでも、この条件をかぶせてやると、すぐに決まるはずだ。持っているものに花柄が多いのでこんどはちょっとシンプルな物で、というのであれば、ピンクで即決となる。

人生の岐路に立ったとき、右の道をゆくか左にするか迷う。どちらに決めるかで、じっくりと悩んで欲しい。その行為が自己を確立させるチャンスだからである。選択とは、意図するものを思考というノミで彫りだす作業なのだ。

『運』

リュックをお持ちの方は、車内では他の方のご迷惑となりますので、前に抱えてお持ちください、ご協力をお願いいたします、というアナウンスが、とある私鉄に乗ったときにあった。おいおい、持物の持ち方まで指示するのかよ、って一瞬思ったが、よくよく考えてみると、あの亀の甲羅のようなものがごしごし当たって、周りに立っている乗客は迷惑だ。だが、前というか腹に抱えている姿をみると、なんか妊婦さんのように見える。もちろん、男でもだ。

ネコポンタと出会ったときも、あのアナウンスを聞いた時に抱いたイメージとおなじものを、奴の姿にかぶせた。というか、狸腹はそのものズバリであった。だから、奴が本物のリュックを背負っていたのには、気づかなかった。

「ちっちゃなリュックなので分からないわよ」

くるっと背中をみせ、それを後ろ手で指さした。

「何を入れてるんだ?その大きさだと、せいぜい文庫本1冊ぐらいだな」

「それくらいだわ!でも、どんな物が入ってるのか今まで見たことも触ったこともないわ」

おまえのリュックだぞ!知らないわけがない。問いただそうとすると、奴はシッポを揺らしながら本屋に入ってゆく。欲しい本でもあるのか?と背中に声を投げると、とことこと童話の本のコーナーまで走り、そこでやっと、こちらを振り向いた。とぼけた笑顔が、本棚を指さしている。

「ここ……だわね」

と、意味不明のことをいった。

「何がここなんだ?」

「惚けないでよ。わたしが生まれることになった、大切な場所なのよ」

そういわれて、俺は頭を掻きながら謝った。

「あ!そうだった。ごめん」

この話の顚末は、こうだ。

２０代後半だった。なんとなく物書きになりたいな、と思っていた。なんとなく童話を書いた。原稿用紙３０枚。プロの作家に読んでもらって、あわよくば弟子でもなり、童話作家デビューを果たしたかったのだ。それで、俺はこの本屋に入ったのだった。迷うことなく童話の本のコーナーにゆき、新刊書が並ぶ棚のまえに立ち、そして目を閉じた。手を暗闇のなかに泳がせ、棚から一冊の本を引き抜いた。祈るような気持ちだった。

誰も知らない文学界のなかで、プロの作家に近づける唯一の方法がこれだった。

「あなたが手にした本は、まったく偶然よね。籤引きみたいに……ね」

「もちろんだ。とにかく、目をつむって引き抜いた本の著者のところへ、俺の原稿を持ち込もうとしたわけだから、著者のことなど何も知らない」

「作家ってさあ、キャラクターが強くて、嫌なタイプが多いんじゃないの？変なのに当たったら、どうするつもりだったのよ」

「ここまでやったんだから、あとは運！だ、と割り切って、ひっこぬいた著者の住所を調べ、アポもとらずに持ち込んだ」

「ええ、アポなしで？信じられないわ」

「電話なんかすると駄目だ。『あなた誰？今、原稿の締切りに追われているんだ。邪魔をしないでくれたまえ』と怒られるに決まってる」

「で、どうだったの？」

「うん、ある女子大学の児童文学科で教えていた童話作家の花岡さんというやさしい人だった。で、そこからは、おまえが知るとおり、夢のようなプロットを辿って童話作家デビューした。その初めて出した本の主人公がネコポンタおまえだった、てわけだ」

ネコポンタは嬉しそうにスキップを踏んだ。

選んだ一冊が良かった。

もし失敗しても後悔のないように、目を閉じて一冊を引っこ抜こうという選択方法となった。並ぶ多くの書物と、選択しようとする俺との間で、やましい取引きが発生しないようにしたのである。つまり、こんな書名を考えるような作家だったらやさしい人にちがいないとか、装幀とか好きな出版社を選べばきっといい人に巡り合えるかも、といったような、邪魔者を寄せつけないようにしたのだ。

「その出会いって、運が良かったってことだわね」

「いや、違う」

「どうしてなのよ」

「運がついてたね、なんて言われたら、俺はなんにもしないで幸運だけ掴んだってことになる。そうじゃない」

「じゃあ、どうしたってわけ？」

「書き上げた原稿を、どのようにしてプロの作家に読んでもらおうか、と考えただろう。それが先ず一歩目だ。次に、実際に本屋にでかけて、一冊を選んだ、というのが二歩目。そして三歩目が、俺が背負っている運にまかせたってわけだ」

「でも、最終的には、運に頼ったわけだわ」

「いやあ、３番目にだよ」

人生を紡いでゆくときの、俺なりの方程式を持っている。

〔思考＋行動＋運＝結果〕と言うのがそれだ。

素敵な考えを持ったとしても、行動に移さないと実現しない。だが、成功と失敗、結果がどちらに転ぶかは分からない。そこでくよくよ悩むより、運にまかしておいたほうが気が楽だ。その人の運はその人の背中に負っているものだ。だから、自分のものなのに、見えないので当然なのだ。

「でしょう。だからさっき言ったわ。わたしのリュックのなか、見たことも触ったこともないって……ね」。

「と言うことは、おまえのリュックには、運を入れてるってことだったんだ」

「そうよ。これ、大切にしてあげないとね。これからもずっと付き合ってゆく相棒だからさあ」

きっと、ネコポンタは自分の運を気にいっている。それは、運がいい、悪いというシンプルな運ではなく、運の役割についてしっかりと理解し、それに添っているという意味だ。

「たまには、ちょっと、他のパワーに頼って、人生を歩むのもいいのだと思うわ」

「向かい風にむかって、がむしゃらに突き進むだけがいいのではない。たまには、カモメのように気持ちよく風に流されるのも趣がある」

「そんな風に乗せてくれるのよ。運って……」

それと、もう一つの運もある。あの方程式で言った、〈思考と行動〉のなかにも、実は運が含まれている。どのように考えてどんなに動くかは、かなり性格によって左右されものだ。だとすると、生まれもった性質は自分の意思ではどうにもならないことが多いから、言ってみれば、変形した運といえる。

「そう言っちゃうと、運まみれなんだわ。人生ってね」

「そうだよ。プラスとマイナスで考えれば分かりやすいぞ」

運そのものを信じたとき、いい結果がでたらプラス〔+〕、悪いとマイナス〔−〕と言うふうに記号化すると、〔+〕のなかに〔−〕が含まれているし、〔−〕に〔|〕を加えれば〔+〕になることが分かる。

たとえば、宝くじが当たったらプラスだが、そこにマイナスも含まれているから、賞金のお金は慎重に使おう！となる。ハズレだったとしても、マイナスに〔－〕を加えればプラスになるから、落ち込むことはないぞ！となる。

「まあ、そんなこと、どうでもいいわ。でも、その理屈はおもしろいじゃない」

『がる』

「運って、運ぶと書く。おまえが言うように、身体の力をすーと抜いて運に運んでもらったらいい。ただ恐いのは、どこに運んでいかれるのか、それが分からないことだ」

「お馬鹿さんだわ。それが運なのよ。分からないところに運の存在価値があるんじゃないの」

「そうか！分からないから希望が持てるんだ。分からないから不安になるんだよな」

「希望？不安？そんなもんじゃないわ。分からないからこそ、がむしゃらに頑張るのよ」

「俺、頑張るの好きじゃないけど、運そのものをおもしろがるっていうか、それにゆだねるっていうか……」

「そう。すると、そこから余裕の芽がむくむくでてくるかも知れないわ」

思考のキャパが満杯になると、頭が苦しくて動けなくなる。そこに、〔おもしろがる〕行為をもってくると、その思考の消化を助け、脳八分の状態となり、脳健康に寄与するはずだ。

「おもしろがる、っておもしろいわ」

「えっ？」

「がる、ってなんだ」

「この漫画は〔おもしろい〕というと、物語や主人公のキャラが楽しかったということだわ。でもね、〔がる〕が付いて〔おもしろがる〕となると、わあーおもしろい！という心の弾け具合が、しっかりと他人にも見えるじゃない」

「恥ずかしがる、もそうだ。〔がる〕があるだけで、顔を赤くして恥ずかしがっている姿が外から見えるからな」

結局、気持ちの発信元は一緒でも発信先が異なってしまうということだ。くどいようだが、〔がる〕がないと、気持ちを内にむけて発信しているが、〔がる〕があると、外にむけて他人に向かって発信しているということだ。

もうひとつ。おもしろ〔がる〕って、物に対する自分の見方を知ってもらいたい、ということも含まれる。当然、外に向かっての発信だが、そこにユーモアとセンスが添えられているのだ。

そこで、俺は、こんな質問をネコポンタにしてみた。

「明日からは心を入れ替えて頑張るぞ！って言うときのことを、おもしろがって言ってみて」

「心って、そんなに簡単に取り替えられるんだったら、わたしもグレードアップしたものと交換してみようかな！っていうのはどうかしら」

「いいねえ。まあ、おまえは好奇心が旺盛だからなあ……」

「じゃあ、もう一つ質問だ……。嫌なことがあって心が重い、楽しくて心が軽いっていう表現をするだろう。これを、おもしろがっていうと、どうなる？」

「それって、心に重さがあるということだわね。だから、その体重操作を自由にできるってとこが、心の魅力だわ。わたしもしてみたーい」

ネコポンタは羨ましそうに、そう言った。

『距離』

「やっぱり、おまえは、脳と口の距離が、ダントツに近いなあ」

「キョリ？」

「俺が質問をなげかけると、その答えが、スススッと早く返ってくるってことだ」

「お褒めの言葉はありがたいけど、近いだけじゃ駄目だと思うわよ。脳と口の間はそれでいいけど、人と人の距離はそうはゆかないわ」

「どうしてだ」

「人間関係を保つためには、一定の距離をキープしておいたほうがいいと思うのよ」

アメリカの人類学者のホールが、人間関係の距離を学問的に喋っている。人と人の間隔だ。仕事の付き合いでの距離は120〜360センチ。友だちとの距離は45〜120センチ。恋人だと、ぐっと近づいて0〜45センチだ。これは、心地いい空間を持って接しようね、ということだろう。仕事関係なのに0センチなんて、セクハラになる。

「それぞれの距離を意識することから、言葉づかいに尊敬語が生まれるんだな」

「わたしのこと、おまえって呼んでるでしょう。それって、距離をどう見ているのかしら」

「友だちだから、100センチだ。だから同等の喋りでいいわけだ……」

ふん！と俺が言ったことを鼻であしらった。ネコポンタが拗ねている。

「どうしたんだ？」

「うーん、もっと距離が近いのかな！って思っただけ……」

「え？それ以上近いと、恋人の距離だよ」

「お馬鹿さんね。わたしは、あなたが出した童話の本のなかに登場する主人公なのよ」

「そうだよ。よく分かってる。自分が考えだした主人公ネコポンタだもの……だから、恋したっていいんだよ。いや、それぐらい登場人物に入れ込まないと、物語をビビッドに描写できないぞ」

「だったらさあ、だったら、０から４５センチって素直に言えばいいじゃない」

「まあ、そうだけど、でも、でもなあ」

「なにを照れてるのよ」

俺は、自分が生みだした主人公に負けそうだ。ネコポンタはもうすっかり独り立ちしている。

「な、話題を変えよう！」

「なんか、おもしろい話でもあるの？」

『おもしろい』

「ある、ある」

ネコポンタが、足がぶるぶるふるえて寒いというので、靴下を買いに百貨店にいったことがある。なんとかラルフという有名な店だ。奴の毛並みが茶系なので、同色のベージュがどうかなと薦めると、モスグリーンがいいという。お似合いはこれ！と頑固に言い張った。

そんなやり取りをしていると、夫婦づれがやってきた。どうも、ご主人のジャケットをさがしているらしい。

「一点めは胸にあてただけで、似合わないわ、といい、二点めが気に入ったらしくて試着してみたんだな」

「そしてご主人が、こう言ったのね。『これ貰ったのに似てるなあ』っていったの。すると透かさず、奥さまが『あんた！誰に貰ったのよ』って凄い剣幕で捲くし立てたのね。すると、『馬鹿だねえ。貰ったっていうのは、ここで買ったっていうことだよ』って言い返したのよね」

「馬鹿だねえ、がよくなかった。『なによ！馬鹿って』と奥さまが反撃にでた。店のスタッフや他のお客も聞いてるわけだ。こちらも恥ずかしくなったよ」

ここで問題なのは、夫婦が会話しているようにみえるが、実はそれぞれ一人ひとりが勝手に喋っているだけなのだ。相手のことを考えて喋っていないということになる。もっと言えば、おたがいに、思いやりや尊敬の気持ちがまったく無いのだ。夫は、喋りのなかに出てくる言葉を吟味することを放棄し、妻は、ただ感情に引きずられるまま、という図式になっている。

「言葉ってね、一度、口から出てしまうと、あとは、喋った人の思いとは別に、勝手に一人歩きしてしまうってとこが怖いわ」

「とくに、誤解を生むような言葉や、人を傷つけるかも知れないと思う言葉には気をつけないと駄目だ」

「だから、そんな言葉が舌のうえに乗るまえに、しっかりとチェックしておかないとね」

「国会答弁では、たとえ酷いことを喋っても、議事録から削除してもらえば、なにも喋っていないことになる。だが、我々が喋っていることは、そのまま〔言葉〕として記憶のなかに残って消しようがない」


もう一つ、話がある。

あるお宅の通夜でのことだ。焼香しようと庭先に並んでいると、反対側の通路を、お参りを済ませた弔問客が帰ってきた。足を折ったのだろう、松葉杖をついた古老だった。ちょうど俺の一つ前に並んで待っている老人がいたが、その二人がすれ違いざまに、おおっ！と声をかけあって、立ち話をはじめた。

「どないしたんや、その足？」「猫のシッポを踏んでしもて、転んで。この様や。ほやけど、3ヶ月でほぼ治りよったで。ほら、ね」「おまはんは、もう歳やから、骨もすかすかやろ。安心したらあかんで」「おおきに。心配してもろて」「ほな、また」「おまはんの骨折した心やけどなあ、3ヶ月どころか、もう治らへんかもしれんなあ。ほな、ご機嫌よう」。そこで話は幕となった。

「嘘っぽい話だわ」

「まるで狐につままれたようだった。けど、本当の話だ。喋りのやり取りがおもしろかった。通夜参りだというのに……」

「弔問客が、場をわきまえずに、骨の話でもりあがる。なんだか不思議だわ」

足を骨折した老人が、もうひとりの老人から攻撃を受けた。いや口撃だ。それに対して、「心の骨折」という言葉で反撃にでた。そのリアクションの心地好さに、俺は惚れた。骨の話から軸振れしないで応えているのもいいが、それ以上に、喋り返す瞬発力の鋭さに恐れ入った。

帰る道すがら、心の骨折とは何だろう！と考えた。心には骨がない。だとしたら、骨折とは屈折なのかもしれない。ひごろから、相手の心理や感情がかなり歪んでいたのを好ましく思っていなかったのか。治らないかも、とも言っていることから、この老年期にいたるまで、いがみ合ってきた仲なのか。いろいろと想像を巡らせてくれる材料だった。

その通夜は、ある著名な作家だったから、ひょっとしてその弔問客は、作家仲間であったのだろうか。

「ねえ、作家って、そんな不思議な世界に棲んでるの？」

ネコポンタは首を傾げ、上目遣いに俺をみつめた。


さらに、もう一つ話がある。

なんとかシネマに映画を見にゆく。チケット売場で免許証を出したら、「6回みると1回タダになるカードじゃないですよね」、というから、「シニアの証明のためです。よく見てください」、といった。するとさらに、シネマグループカードは持っておられますか、と聞く。「会員じゃないので」と応えると、やっとチケットをくれた。〈カードという名の関所〉がいっぱいある。

「あなたが時代遅れなのよ。カードを持ってなかったら不審者扱いされるわよ！」

さすがネコポンタは騙すのがうまい。真顔でこう言った。

「まあ、それはジョークだけど、あなたは免許証しかもっていないわね。カードと名のつくものは……」

まあ、それはいいとして。ふと、昔の映画館を思いだした。いきなりお金を払って館に入ると、映画はもう始まっている。今、見ているシーンがどこから繋がっているのか、さっぱり分からぬまま見る。霧中を彷徨っているような気分のまま、幕となる。休憩を挿んで、クレジットタイトルがでて再び始まる。そして、最初に見たシーンにくると、やっと物語がそれなりに完成する。そこで席を立つ。今のように、初めから終わりまでが順序よく繋がっていなかった。映画との接し方が、かなり歪であった。

「ところがね、本の読み方にも、それに似たものがあるわ」

「えっ？」

「ラストであっても、途中でも、触手が動くところから読みはじめるのよ。そうして、冒頭に戻るってわけ……。それのほうが、おもしろいんだって」

「それは読み手側のことだけど、でも、書き手も負けてはいないぞ」

「どういうこと？」

「なんとかジョンソンという人のもので、書名は、たぶん『不運の人々』だったと思う。本文が箱の中に入れられているんだ。それも、２０幾つかの章がばらばらになってる。もちろん章ごとに綴じられていて、最初と最後の章以外は、気儘にどこから読んでもいいんだ」

「始発駅と終着駅がきまっていて、その道中は、道草おおいに歓迎ってわけね。おもしろい！」

「たぶん、読む人よりも、書いた人のほうが楽しんでいると思うんだ。各章の辻褄あわせに……ね」

さて、いびつ、という漢字は〔歪〕だ。語源はまったく違うが、この姿をみると、不正という2文字が1つに凝縮されている。

「でもさあ、歪って、悪いことじゃないわ」

ネコポンタの鼻がぴくっと動いた。怒ってる。

常識の枠を壊さないで考えると、映画も本も、〔はじめ〕がスタートラインで〔おわり〕がゴールである。ところが、その枠をいびつにすると、おもしろいものが生まれる。茶の湯で使われる織部焼の茶碗もその一つだ。丸い茶碗を大胆にデフォルメすること、つまり歪めることで、独特の趣と味がでる。茶人に好まれる茶碗だ。

ゆがめるという言葉が背負っているイメージに左右されないで、既存のある物に、ちょっと手を加えてみるだけで、そこから新鮮な香りが立ってくるはずだ。手を加えるとは、思考を加える、と同義である。

「そうだとすると、料理人は、手も思考も加えるのね」

「なんだ、それ？」

「ある割烹料理屋のご主人さんから聞いた話なんだけどね……」

カブ料理をするとき、まず、あく抜きのためにカブを煮る。と、その汁のなかには、カブの栄養素や渋みがでている。さて、その汁を味わってみて、旨い！となると、さらに調理するカブにその汁をふたたび加える。そうすることで、カブ独特の風味ただよう一品となるのだそうだ。

「煮汁をもどす、というところがキーだ」

「それが、隠し味だわ」

料理人は、動かしている手のなかで思考しているし、味見をする舌のうえでも思考しているのだ。そして、盛りつけを終えたとき、隠し味の花が咲く。

「料理の味を、さらに引き立たせるのが隠し味だとしたら、ファッションショーにでるモデルさんの歩き方の隠し技って、ネコポンタ、知ってる?」

「うー、わからないわ」

音楽がかかってるから、リズムに合わせようとする。けれど100パーセント合わせると、モデルさんの存在が消えてしまう。誰でもよくなってしまうのだ。そこで必要なのは、彼女を包み込んでいる独特の空気感をだすことなのだ。もちろん、新作のファッションを傷つけないようにである。というか、エレガントさをより増幅させることが要求される。

「はい!分かったわ。歩くリズムをずらすのよ。それも、微妙に……ね」

「まさに!」

すると、音楽のリズムと歩くリズムの間に、わずかな亀裂が生まれる。隙間である。そこに、ギャラリーの熱い視線を誘い込み、モデルの内面感情をもそそぎこむ。

「リズミカルでお洒落な、時間差攻撃ってわけね」

ポーズして、笑みを浮かべるネコポンタ。

隠し味にしても、隠し技にしても、決して隠しているわけではない。カブの煮汁をもどすことで味が立つ。歩くリズムをずらすことで人影を見せ、新作に視線をくりつける。その知恵と工夫が、本体と反応しあって、本質のエッジをより鮮明にしている。それが、隠す意味なのだ。

「そういえば、舞台役者さんのセリフもそうだね。喋るリズムをいろいろとコントロールしてるわ。あれって、演者が表現したい感情と、観客の心の周波数をあわす役をしているのね」

「隠し喋り、っていうかどうか知らないけど、確かに、喋り口調の違いで、目に浮かんでくる風景が違ってくるよな」

流暢な喋りは、感情の入る隙間がないから、その喋っている言葉の意味が分かればそれでいい。喋りが激流になると、演者の心の叫びだけに耳を傾けるだけでいい。さらさらした流れが何かの異物にあたって淀んだとき、その間（ま）に、想像や情という液体を流し込む。演者と観客が、その沈黙のなかに共有物を発見するはずだ。

「隠し事があったときさあ、早口になって、ぺらぺらと喋りまくるでしょう……どう?」

「どう、って?」

「あなた、度々あるでしょう!ってことなのよ」

「あるはずがない」

ネコポンタは背中をむけて、ククッと笑った。

喋りのテンポが異常にあがるのは、緊張したときの血圧と同じようなものだ。普段よりも医者のまえで計ると数値が10ほど高くなる。隠し事を持っている輩は、いつもの口調だと、喋り言葉と言葉のあいだに隙間があり、そこから、良からぬちょっかいが入ることを恐れている。そうさせないためには、早口が効果的ということだ。

「でもさあ、喋りをじっと聞いていれば、そのうち終わるじゃない。それから、ねっとり攻めるのよ。こちらがね」

「その喋り方をされたら、俺が、何か隠し事をしていそうじゃないか。そんな先入観は捨ててしまいな!」

「怒ってる?」

おもしろい

「いいや、別に……」

「ちょっと、からかっただけなのよ。ごめんね」

黙っていると、ネコポンタが俺の顔を覗き込む。

『先入観』

「さっき、先入観は捨ててしまいな！って言ったけど、持ってると、いいこともあるぞ」

「ないわ！思考を妨げるだけの悪い奴だからさあ」

「まあ、話を聞いて」

この平成のクラシック界の天才作曲家として一躍脚光を浴びた人がいた。しかも、盲目の振りをしていたから、マスコミはベートーベンの再来のように報じた。作品の評価も高かった。しかし、それは真っ赤な嘘だった。楽譜すら読めなかった。そんな彼を裏で支えていたのは、ほんまもんの作曲家、新垣氏であった。ゴーストライターとして雇われていたのだ。

その新垣氏が、ある時、こんなことを喋った。

「父は、朝、ベートーベンの交響曲をよく聴いていた。その音楽とバターをぬったトーストとコーヒーで朝食をとった」

ニュアンスの少しの違いはあるかも知れないが、大筋そういうことだ。俺は、事件発覚後の記者会見などから、新垣氏の人柄と作品を文句なく評価していた。この先入観が作用してのことだろうか、俺は、この喋りをこんな風に解釈したのだ。

「やっぱり、天才作曲家の家庭はちがうなあ。トーストに音楽とバターをぬって食べてたんだ！」

これは、誤解であるのかも知れない。がしかし、それはなんの違和感も感じない誤解であった。

「ひゃあー。ロマンチックだわ。音楽とバターを一緒にぬるなんて……」

「だろう！その先入観がなかったら、音楽を聴きながらトーストを食べた、という、ごくありふれた意味にしかとれなかった」

「でもさあ、本心は、あなたが解釈したようなことを、お喋りしたかったんじゃない。それだと、文句なく、新垣さんを好きになるわ」

先入観には、かなりのパワーがあることが分かる。

高齢化にともなって、体力や健康維持のための栄養補助食品、つまり、数多くのサプリメントが登場しているが、そこで目を引くのが〔ご愛飲満足度〇〇パーセント〕という文字だ。〇〇のなかに入るのは、ほんま?と疑いたくなるぐらいの高い数字だ。これも、ある種の先入観の植付けに効果があるのだろう。

「選択するときの、ひとつの拠り所にはなるわ」

「数字って、なんか真実味があるんだ」

「ねえ、話かわるけどさあ、あなた、ずっとサングラスかけてるじゃない。なにか意味あるの?」

「人をサングラスを通してみると、おもしろいぜ」

「それが、意味ってこと?」

「あたりまえのことだけど、ノーマル人じゃないって思われる。ちょっと変な人じゃないの?やくざ屋さん?光がきついと目に障害がでるから?普通の人に見られたくないから?恐さを周囲に発して他人を近づけないようにしてるの?などなど、こちらを見る目が疑惑だらけ……だ」

「だったら、しなきゃいいじゃない」

「50数年もかけてるんだから、それなりの信念がある」

「大袈裟にでたのね」

「じっと見つめる向こう側の言い分はべつにして、かなり距離をおいて俺をみてくれる。その分、こちらが冷静に接することができるのがいい」

「あなたは、それでいいでしょう。でも、相手は、誤解したまま品定めするわ」

「うん、誤解するような人物は、大したものじゃない。だから、どうでもいいんだ」

「自信たっぷりね。でも、失敗したことあるでしょう」

「うん。ある会社にいったら、借金の取立て屋にみられた。社員が蒼白い顔になったもんなあ。ブティックに入ったら、あわや非常ベルを押されかけたことも。レストランのレジ係に、暗いでしょうから、足もとにお気をつけになって、と心配されたこともある」

「ほらね。サングラスをかけてるだけで、みんな先入観に忠実に接してるのよね」

「おもしろいじゃない。それってみんな、サングラスの俺をカガミに見立てて、自身の姿を見てるってことだよな。レジ係の人は別だけど……」

「あなたが、カガミって？」

「Aさんが勤める宝石店で、貴金属が奪われたことがあった、としよう。覆面をしていたから顔は分からなかったが、怖さは心にこびりついたまま。数年まえの事件だったが、その記憶がサングラス男をみて蘇ったということだ。その男というカガミに、かつての事件が鮮明に映った、ということだ」

「記憶を誘発したんだわ。あなたのサングラス姿が……」

「そういうことだけど、例え話だよ。これは」

シンプルに言えば、先入観にもいろいろある。たとえば噂。相手のわるい噂を鵜呑みにしたままで応対にでるか、噂は根拠のないものときっぱりと断じて接するか、といったもの。あいつは虫が好かない奴だから、このわるい噂に上塗りをして接してやろう、とか。つまり、先入観という生き物のなかに人格や思惑が入り乱れて入り込み、色々と悪さをすることもある。

「だったらさあ、先入観そのものは悪者じゃないんだ。さっきの作曲家の人に対しては善人だったものね……。問題は、先入観を汚す人たちの存在だわ」

「汚されなくなると、少しはいざこざが減るかもな。お隣さんとも、隣国とも……」

だが、そもそも先入観の意味のなかに、〔初めて知ったことによる固定概念〕とあり、さらに、それが自由な思考を妨げる時、とある。つまり、先入観が亡くなるとき、思考に翼がつき自由に羽ばたくことができるのだ。これは弁護になるが、先入観を持ったからこそ、一つの行動にでることができる、と言う場合もある。このことは、それを〔拠り所〕にすることで割り切って動ける、ということだ。もちろん、善い悪いは別にしてだ。

『欠ける』

ふと、思考の妨げになるものは何なのかと思った。固定概念はもちろんだが、常識や規制や風習など他にもいっぱいあるはずだ。そこで、もう一つ加えたいのが〔完全な物〕である。

「どうしてなの？形でいうとさあ、真四角なものや丸いものが、思考の妨げになるってことなの？」

「□や○が思考を妨げている、というのじゃなくて、□や○、そのものについて考えるときに、思考範囲が限定されてしまうってことだな」

「シルエットがパーフェクトすぎて、もうなにも考える余地がないってことなの？」

「たとえば、○の場合。考え方を変えることで、○が△になるはずがない。精々、半円と半円をくっつけたら○になるってことぐらい」

「それで……」

「ところが、○が少し欠けていた場合に。たとえば月が少し欠けているときを想像してほしい。十三夜の月が最も美しいと言われるのは、その欠け具合のところに、思考が働くからだ」

「もうすぐ満月。満ちてゆくことへの想いがあるのね」

「まあ、期待感だね」

「だったらさあ、満月から欠けてゆく時は、なんとなく寂しい想いがするから、寂寥感だね」

「丸のまま、満月のままだったら、わくわく感や、しんみり感はなかった」

欠け具合によって、新月や三日月、満月や立待月やつごもり、といった呼び方をされるが、どれもまったく同じ月だ。おまけに、それぞれに物語が加わる。満月の夜に、月に帰ってしまう美女かぐや姫。その竹取物語は代表格だ。

「そうだわ。欠けているほうが親しみがある、というか、情を込めやすいのね」

「月に対して、太陽は？というと、あまり物語がない」

「そうね。だって、欠けるのは日蝕のときぐらいだものね」

「すぐに思い浮かぶのは、神の使いとされる熊野の八咫烏が、太陽の黒点っていうことぐらいだ」

人間の脳ってものは、あまりきっちりと決められてしまうと嫌がるものらしい。不完全なものにこそ触手が動くのだとしたら、この〔欠ける〕というところに、人間の匂いを感じる、ということだ。

「俺が使ってる落款は、彫ってもらった時から、四角の縁が一か所欠けているんだ」

「失敗作なの？」

「違う！」

「印鑑の欠けているところに、人間の匂いをだしてるのかしら……」

「ここで完成形を作ってしまうと、ひょっとして、今が頂点で終わってしまうかも。だから、欠けて未完のものにしておけば、もっと成長してくれるはず、と縁起を担いでの〔欠け〕なのだ」

「あなたの、〔のびしろ〕を見据えてのことなんだわ」

「さあ、どうかなあ。それは大いに疑問だな」

ネコポンタと俺は目をあわせ、そして苦笑いした。

「欠けているのを未完だと解釈すると、終わるところを知らない建物、今も建築中のガウディのサグラダ・ファミリア教会が有名だわ」

「スペインの建築家の作品だ。もうちょっとで完成かも知れないけど、格好をつけていうなら、未完成の完成、だな」

つまり、思慮的な〔欠け〕や、〔欠け〕を含んだ事象には意味があるということだ。なにゆえに欠けているのかを考えることで、人が持つ想像能力を生かすことができ、生きる知恵やヒントを貰うこともできるわけだ。

「これは仮説だけどね……かぐや姫が竹から生まれ、お爺さんお婆さんに育てられ、そのあと、5人の貴公子から求愛されるわ。でも、それを退けて月に帰ってゆくでしょう。地球で暮らしていたのは、月が〔欠け〕ていた時期で、〔欠け〕が無くなって満月になった夜に月に昇っていった、と想像したのよ。そうすると、姫にとって幸せだったのは、この〔欠け〕ていた時じゃなかったのかなって思ったの……」

「月が恋しくなってというが、それだったら〔欠け〕の三日月でもよかったわけだよな。そこで何故、満月を選んだのかというと、わくわく感やしんみり感のない満月にした。

つまり、地球を離れるさいに、情に揺り動かされるのが怖かったのかも知れない、ということだ」

「今夜は、満月だわ」

嬉しそうに、ネコポンタは腹をポンポンと打った。

『直感』

「かぐや姫が、どうして竹から生まれたんだ？」

「分からないわ……でも、ひょっとして竹の空洞にヒントがあるかなあ……」

「桃太郎はモモからでてきんだ。空洞なんてないぞ」

「そうね。じゃあ、人間が生まれてきたんだから、人にかかわる何かを持っていたとか？」

「かなり昔だけど、俺も興味をもって調べたことがあった。染色体の数が人の４６本にとっても近かったように記憶してるよ」

「だとしたら、凄いよね」

「竹取物語が作られたのは、平安時代の初めだろう。だったら、１２００年も昔に、そんな染色体のことを知ってたってことなのかなあ」

「それはないと思うわ」

「じゃ、染色体説は違ったかな」

「よく分からないわ。でもね、あなたの目のつけどころは、なかなかおもしろいわよ」

「直感だったんだけどな」

ロジックな判断によるのではなく、直に感じたことが、対象物の本質をついていることが直感だ。だが、相手となるものと出会い、すぐさま心に鋭く感じとる、という技をどのように理解したらいいのだろう。動物的な勘なのか、それとも経験や思考の積みかさねによる産物なのか。

ぱっと走って逃げた男の後ろ姿をみて、ひったくり犯人だって思うのは直感だ。手に盗品を握っていたとか、身なりが胡散臭かったとかいった情報を頭のなかで整理していたら、その間に逃げられてしまう。つまり、さきに言ったように、直感は思考をとおらないで頭に閃いたことなのだ。

「思考を振り払ってまで判断をしないといけないってことは、緊急時の心の対応ってことだわね」

「認識にいたるルートがダイレクトってことだ」

「今風に言えばさあ、コンピューターのショートカットに近いわね」

「でも、直感だけに頼り過ぎるのも駄目だ」

「そうそう。彼と出会って直感で結婚することになって、その果てに、直感で離婚しちゃったっていうのも嫌ね」

「それ、お笑いだぞ」

だが、ある判断をしないといけないのに、想いがぐるぐると巡り、気がつくと迷路にはまっていることもある。そんな時は、振出しに戻るのが正解だ。だからといって、そこに直感めいたものが残っているか、というとそうではないが、少なくとも判断する材料、つまり〔種〕はある。

「パンツが欲しいなあ、って思ったとするじゃない。もうその時点であるものに絞りこんでいる。たとえば、ストレッチのきいた細身のジーンズがいいわ、と。これが種なのね。なのに、お店の人から、ワイドなパンツもお似合いですわ、とか生地のおもしろいものだとかを勧められると、もう迷路だわ」

「目星を付けているんだろう。だったら、浮気しないで即決すればいい」

「ところがね、外からかけられる言葉という強風に、心が揺らされるのよ」

「俺なんかは、ぐだぐた言われても馬耳東風だ」

「欲しいものは直感で決めるってこと？」

「もちろん。だって、お店の人が持っているファッションセンスがいいとは限らないもの……」

「抜群の方もいるわよ」

「いれば、その人のセンスを直感で評価して、従うね」

理屈もなにも放り投げて、直感勝負することのリスクはある。だから、そこに気力も添えておかないとリングには立てない。

「気力って、一種の迫力だわ。直感も迫力よ。だから、自分自身に自信のない人はこのパワーは使えないわね」

「だから、つねに鍛えているんだ。思考力と体力をね」

「えっ？体力も要るの？」

「思考力も実践力も想像力も、チカラというエネルギーをどこに蓄えているか、といえば、それはこの身体だ。それが壊れていては充分に機能しないじゃないか」

「そう言われれば、そうだわ。ソフトウェアにはハードウェアが必要だものね……でもよくそこまで考えられるわね」

「直感だ！」

人生、長く生きていると、物事の本質、真理みたいなものが、ぼわーんと浮かんでくる。さらに、姿形もないそいつが色々と指図をする。ふともものの筋肉を使うと脳が活性化するからウォーキングをしろ！すると体力もつくぞ！といったようなお節介をやく。お蔭で、俺は３５００キロを2年半で歩いた。もちろん仕事の合間を縫ってのことだ。

だらだら歩きは効果ゼロなので、時速6・5キロで歩いた。目指したのは時速7キロだったが、それは酷過ぎた。

直感らしきものは、歳とともについてくる。

「でもさあ、直感も、意識していないと、するりと足もとに落ちてしまって掴めないわよね」

「まさに。意識をするってことは、海に釣糸を垂らしている状態のことだ。おいしい魚を欲しくなければ別だがね……」

「わたしは雑食だから、なんでも欲しいわ」

ネコポンタが、くくっと笑った。

『おしゃれ』

「あなた、直感でアウターやパンツを買うんでしょ。だったら、思案疲れなんてしないわよね」

「ああ、疲れないぞ。ただ……」

「ただ、ってなによ」

「直感って勘だよな。第六感だ。風邪などひいてると、そのセンサーが鈍くなるんだな。それで、失敗することもあるんだ」

「それ聞いてひと安心したわ」

「はあ？」

「勘だけで生きてるみたいな話しっぷりだったでしょう。それもすべて正解を手にしてたような感じ。でも、それじゃあ、なんだか人間臭くないものね」

「思考を放り投げないで、ぐだぐだ考えるのも、大いに有りだ」

「そうよ。遠回りをするのも粋なものだわ」

目的地に向かうとき、思考は必ずしも近道ではない。むしろ遠回りかも知れないが、その沿道で目にする風景は、心を和ませ、新たな感動をも与えてくれるはずだ。

「たとえばね、靴を買うとき、イメージをするところからスタートするわ。ワードローブに吊るされている服を一着ずつ、頭のなかに引っ張りだし、そこに目のまえにある靴を履かせるの」

「服のイメージと靴のイメージをつなぎ合わせるんだ」

「色だと、キャラメル色だとか、チョコレートブラウンやブラックなど、いろいろ合わせ、ファッション全体としての自分を組み立ててみるのよね」

問題は、そのイメージとイメージをくっつける接着剤が何かということだ。それはセンスだ。さらにもうひとつ問題があって、センスの成分が、その人の性格や人格や思想から成り立っていることだ。さらに、それ以前にもうひとつ問題がある。抱くイメージに品格が潜んでいるということだ。

「複雑で、なんだか分からないわ」

「つまり、着る人そのものが、服装そのものに表れるってことだな」

「そうなんだわ。センスがいいって言う時ってさあ、服装じゃなくて、人物そのものを褒めているものね。上品っていうときも、同じだわ」

服装は、ひとを知るための〔媒介〕なのだ。だから、直接その人を褒めなくても、トップスとボトムスの組み合わせがシックだわ！といえば、そのまま人物評価に直結なのだ。

「ファッションは人格なのね。これから買物するときは、しっかりと商品を見極めないとね」

「おまえ、もうしっかりとしてるぞ。タグを引き寄せて、値段と素材をチェック。ひろげて、縫製の具合を確認、触って手触り感を味わっているじゃないか」

「なんだか、おばさんみたいだわ」

恥ずかしそうに、ネコポンタ、くるりと背をむけた。

おしゃれといえば、ファッションやメイクを想像するが、そればかりではない。喋り方や生き方、それに、洗練された人物や垢抜けしたブティックやカフェなど、色々なことに対応している。

「公園のそばに、おしゃれなケーキ屋さんがオープンしたんだけど行ってみない？って誘われたことあるわ」

「それって、たぶん、ケーキ屋さんだけでは行かないと思うな。〔おしゃれな〕って冠が載ってるから、触手が動くのだぞ」

「甘党のわたしは、スキップしながらでかけたわ」

「それで？」

「赤いトンガリ屋根のかわいいお店でね、ミルフィーユと紅茶を注文したわ。とっても美味しかったので、帰りに、もう一つ買って帰ったの……」

「それは、よかったね」

「それがね、そうじゃなかったのよ」

「えっ？買って帰ったのが不味かった？」

「あなた、今、『よかったね』っていったでしょう。そんな程度じゃなくて、もう感激でいっぱいだったのよ」

「なにが？」

「ミルフィーユをもう一個買ったでしょう。ちっちゃな箱に入れてくれたのだけど、ふたを閉じるときに、花瓶に生けていた小さな花を一輪折ってそっと入れてくれたの……」

「花も食べろってか?」

「この花がしおれてしまわないうちに、ケーキをお食べくださいね、だって」

「え!賞味期限を花の鮮度で伝えたんだ!オッシャレー」

「ね!おしゃれは、人を感動させるのよ」

そこで、俺の頭をよぎったものがあった。お弁当の中身の話だ。ごはんと具を仕切るのに、バラン(葉蘭)という植物の葉っぱが使われていた。今ではプラステックのような合成ものだが……。葉っぱの緑が、箱のなかで冴えていた。で、何故これを使ったのか、ということだが、このアイディアがいい。弁当だから季節によっては腐りやすい。もし食中毒でもおこしたら、と考えてこの葉になったという。症状がでたら、これを噛み砕きながら食べると、下剤になるという。俺は試したことはないが、書物で調べてみると、この根茎と果実は薬用にされている、とある。葉っぱの効能もまんざらでもないはずだ。

「うーん。これは、おしゃれではないわよ。でも、暮らしの知恵が生んだ傑作だわ」

「だ、な」

おしゃれの本質はなんなのか。ファッションで言えば、センスなのだ。ケーキ屋でいえば、アイディアとその表現の仕方というセンスだ。

たとえば、服でいうとこうだ。ピンクとグレーの配色はセンスがいい、とした場合に、色合いのイメージは掴めるけれど、なぜそうなるのか、といった実態を掴むのはむつかしい。そのイメージと実態を繋ぐところに〈感性〉が必要になるからだ。となると、センスそのものを理解するのは益々厄介になる。

「むつかしく考えなくっていいんじゃない。その人の感覚で磨かれたものがセンスだと思うわよ」

「そうだな。ケーキ屋さんで、オッシャレーといって感動できれば、それで充分だ」

「講釈を聞いたところで、それは感動にはつながらないわ」

「そうそう。講釈という回線は知に繋がり、感動は情に繋がっているから、交わらないんだよな」

『線』

「わたしの感動の回線だけど、パンクしそうだったわ」

「よっぽど、あのケーキ屋さんが良かったんだ」

「それもあるけど……あの傘。嬉しかったの！」

「傘って、あのコンビニで買ってやった……アレ？」

「うん！」

「324円の傘だよ」

「あなたにはビニール傘にみえるけど、わたしには『シェルブールの雨傘』にでてくるような、カラフルでドラマチックでムードたっぷりな傘なのよね」

「それって、あのミュージカル映画？カトリーヌ・ドヌーブがでてたやつ？」

「うん！」

「だけど、ラストは悲しい別れになるんだぞ。あの二人は……」

「物語じゃなくってさあ、わたしはあの傘が印象に残ってんの……分かる？」

「うん。なんとなく……」

「なんとなく……か」

「あの映画のロケで登場した雨傘屋さん、今も健在みたいだぞ」

ネコポンタは暫く黙ったままだった。でも、あの雨のなかで買ってやった傘が、奴のなかでずっと残っているのが、俺には嬉しかった。

「思考回路って、おもしろいわね」

けろっとした顔でネコポンタがいった。

「どんな風に……」

「あの買ってもらった傘が、映画のワンシーンに繋がり、シェルブールの雨傘屋さんに行ってみたいなって思うところまで続いているじゃない。その回路のことよ」

「えっ！フランスまでゆくの？」

「想いだけよ。だけど、それが一人歩きしてさあ、そこまで飛んでいってるってことなのよ！……だって、わたしにはそんなお金ないもの……」

回路。すなわち、電気がとおる通路のようなものが、思考しているなかでも存在する。

電気はビビビッと流れるが、思考はねっとりとした含みをもった液体だから、スーとはいかない。だが、その粘り感が説得力を持つのだ。

おなじ回路でも、文章の中をアーチ状に飛んでいるものがある。伏線だ。物語を書くときの〔伏線を張る〕というのがそれ。ストーリーをおもしろく展開させるためにおこなう細工の一つだ。

「なに?アーチ状に飛ぶ線って?」

「アーチの起点と終点は地についているが、その間は空中にあるってことだ」

「さっぱり分からない。わたしの頭は靄で覆われているわ」

映画の題名もはっきりとは覚えていないが、スパイものだった。ただ、これから話すシーンが強烈に残っているので、これを材料にしたい。ただ、このシーンが5分ほどなので、伏線の説明に使うには短すぎる。それを承知で話そう。

東西の国の捕虜の交換を、国境にかかる橋のうえでするシーンだ。東側につかまっていたスパイが、橋の手前で、付き添っている人物にこう話す。「向こうに同志の車が迎えにきている。だが、私を迎えて、前の助手席に坐らされれば助かる、だが後部座席だとスパイ失敗の責任をとって処刑される」と。そう喋って、長い橋をゆっくりゆっくりと渡ってゆく。そして、向こう側に着くと、黒塗りの車の後部ドアが静かに開く。

橋の手前で喋った言葉と、開く後部ドアがアーチで結ばれているのだ。もちろん、これは極端に凝縮した状態、つまり、アーチの起点と終点がくっつきすぎの説明だが……。

「ひとつの言葉や行動が、ここからは確認できない遙か彼方の出来事に繋げているんだね」

「思考することで繋げてゆく線だ。だからおもしろい」

「あみだくじの線って、まったく考えなくていいわね」

「右に左に折れながら下に降りてゆく。結果、外れであれ当たりであっても、すでに引かれた線上を伝っているだけだから、おもしろくないな」

「動線はどうかしら？」

「それって、暮らしのなかで、人がどのような動きをするか、それを線にしたものだろう……これは思考して、その線を変更できるから楽しいぞ」

「調理するときさあ、冷蔵庫に材料をとりにゆき、まな板で刻み、コンロに火をいれて煮込み、器に盛ってテーブルに乗せるでしょ。その動きを線にしたとき、それが美しければキッチンの配置が理想的ってことだわ」

「使う道具同志の結び目をどこにするか、歩く順序をどうするかだね」

「やっぱり、線って、美しく優雅でありたいわ」

「人のシルエットもそうだ」

「そうかしら?」

ネコポンタは腰に手をあて、おのれのシルエットを眺め、そしてこう言った。

「このぽっちゃりしたラインは、思考では修正できないでしょうね」

線・ラインは、動いたあとの軌跡だ。国の境界線は海や山であったり、武力衝突の置き土産であったりするが、どうであれ両国の同意によるものだ。で、ネコポンタのシルエットも同じことだ。食と運動の相互関係を精査することで解決策が見いだせる。

さらに、人間は心のなかに、何本もの線を引いている。あの人との付き合いの距離はここまでという線。間食をこれ以上すると太るから止めようとする線。ここまでしか譲れないという線。買物をするときの限度額という線。などなど、心のなかはクモの巣のように線が張られている。しかし、ハサミでこれらの線は容易に切られることがある。

「わたしは、ハサミじゃなく、消しゴムで線を葬ってるわ」

「まあ、線って便宜的なものだ」

「お買い物をするときね、いちおう限度額は決めておくけど、ほんとに欲しいジャケットを見つけたら、その時点で線が頭から消えるわ」

線というものは一種の目安にされているものだ。だから、それが無くなってしまうと、思考の安定性に問題がでる。

「わたしは泳げないから、海にゆくと浮輪を使うわ。するとね、海面上という一定の線のうえで安定できる。これがなくなると、思考の安定性だけじゃなくって、身体もめちゃめちゃ不安になってしまうわ」

「そうだろう。溺れて死んでしまうからなあ」

「そばにいたら助けてね」

「いや、俺もカナヅチなんだ」

ネコポンタは、花が萎れるように肩を落とした。

ここでの浮輪とは、海面という線をキープするツールだと、ネコポンタは解釈している。俺はこの視点を評価する。で、視線もそうだったけれど、線の上には心や思考が乗っている。だから、線が揺れたり切れたりすると、不安や不安定感が流れだすのは当然のことだ。線はごく細いものでも、見えないものであっても、存在感は大きい。

「手のひらを見せてみな」

「えっ！なにか、食べ物をくれるの？」

「手をだしてごらん、じゃなくて、手のひらを見せてごらんって言ったのだ」

すると、ネコポンタは、あかんべをした。

「嫌だったらいいぞ」

俺は突き放すように言った。

「はいはい、見てくださいな」

そう言って、ちらりとこちらの顔色をうかがった。

「いや、手相をみてやろうと思ってね」

「そうだわ。心のなかと一緒で、手のひらにもいっぱい線があるわね」

「心のなかの線は、思考が生みだしたもの、手のものはもともと刻まれているものだ」

「でもね、その一本一本に名前をつけてさあ、あなたは生命線が長いから長生きしますよ、とか。頭脳線は冴えてますねえ、とか。いろいろと講釈してるじゃないですか。だから、思考が生みだしたものじゃないのかな？」

「言われてみれば、そうだな」

手相は占いだが、その線ごとに、人の生きざまを表現しているところは、なかなか愉快だ。

「今、いったように、運勢がそこにあらわれるっていうじゃない。それって本当なのかしら？」

「俺は、手相占いを学んだわけじゃないから知らない。だけど、運命線ががくがくしていて、あなたの人生これからも波瀾万丈ですぞ、って言われても、ああそうですか、でいいじゃない。それは、生きている証拠だから」

「でもさあ、やっぱり、気にするじゃない？」

「だったら、今、描かれている運命線の長さや姿を変えてやろうって思えばいい。そうすることで、生きる自信が生まれる」

「生き方が、手相になって表れるっていうことも聞いたことあるわ。あなたの考え方でいけば、努力すれば手相そのものも変わるってことなの？」

「そうだ。弱々しい線であれば、太く逞しいものにすればいい。頑張って生きている人の線は、どんどんと手のひらの上で変化成長してゆくらしいよ」

『手』

手相にあらわれた線を説く、ということは、よりよい人生を送ってもらいたいとの願望から出たものだと思う。だから、悪い診断をうけて、心や身体を萎えさせることは、あってはならない。

「ねえねえ、クルマエビ食べたこと覚えてる？」

「おいおい！いきなり、手相からクルマエビに、話を引っ越すのか？」

「夢見港へいったとき、漁師さんがいきなり声をかけてきたでしょう」

「ああ、〔おい若いの。クルマエビを食べるか〕ってね」

「そういいながら、あの漁師さん、もう、漁船の生け簀から一尾すくいあげてたわねえ」

「おっちゃんが、ばりばりと甲羅を剥いてくれて……『さあ、手のひらを出しな！』って言った」

「わたしの手のひらがお皿になったのよ。お醤油をどぼどぼついでくれて、『ここに付けて食べろ！うまいから』っていったのよ。驚いたわ」

「野性的な食べ方にびっくりしたんだ」

「それもあるけどね、つい今まで、生け簀のなかで生きていたエビが、わたしの手のひらのなかで踊ったのよ。驚きと感動で身体がびりびりしたわ」

「そこでおまえは、それを手相と重ねようとしているんだな」

ネコポンタは唇で微笑んだ。

「そう。手のひらって、命が踊ったり、人生を考えたり語ったりするステージなんだって思ったのよ」

手相は、手のひらという舞台のうえで、饒舌に人生を語る。助産婦さんは、その手のひらで新しい命を抱く。それは、手のひらが触感という大切な感覚を保持していることと符合している。

「ころんで傷をした時の、母さんの手当てがおもしろかったわ。唾をつけて『消毒だよ』といい、手をそっと当てて『痛いの痛いの飛んでけ』といい、背中をぽんと叩いて『はい、これで終わり』ってね」

「手のぬくもりは、人の愛そのものだ」

「でも、体温じゃないよね。心が燃えてでたエネルギーみたいなものだわ」

「手を繋ぐと、相手の心の内側が見えるように感じるのは、錯覚や独りよがりのセイじゃないんだ」

「そうよ。燃え方が見えるのよ」

「冷たいと、俺のこと思ってないってことか」

「馬鹿ね！それは物理的なことでしょう。手を繋いでいるなかで、いろいろな情報をやり取りしている温度だからさあ、体温の高い低いじゃないわよ」

「情報交換って、なんだ？」

「おたがいの気持ちのレベルは4だとか5だとか。あした、一緒に食べるランチはフランス料理かな、と言ったような、めんどくさいものじゃなくって、シンプルに、あったかい手ね！でいいのよ」

「だけど、さっき、燃え方がどうのこうのって、言ってたじゃないか」

「またまた馬鹿だわ。生き物同志の呼吸を感じて、幸せに思うってことなの！」

ネコポンタが、そういって、目のあたりに笑みを浮かべた。もちろん、手のひらは、心と直結しているように思う。が、手の甲は、というと少し違う。人が抱えもつ喜怒哀楽でいえば、喜怒楽をはずしてしまって〔哀〕だけが手の甲に滲みでているように思えるのだ。もちろん、子どもは違うが、大人はそうだ。男も女もだ。社会的に成功した人も、苦しい生活をしている人も、善人も悪人も、みんな手の甲には〔哀〕が漂っている。あるとき、強面の人の手をみたことがあったが、悲しくなるくらい〔哀〕が滲んでいた。

顔は表情で好きなようにつくることができるが、手の甲はそうはゆかないからであろうか。

何故なのだろう?といつも手をみると思う。

『身振り』

「さっき、手のひらを見せてほしいっていったら、おまえ、あかんべをしたよなあ」

「あ、あれ。食べ物をくれるのかなって思ってさあ。でも、違ってたからね。だから、照れ隠しがあったんだわ……」

「だったら、言葉でちゃんと言えばいい」

「それができないから、ああして、身振りでしたんじゃない。女心を分かってほしいわ」

「身振りで、気持ちをごまかしたら駄目だ」

「またまた馬鹿だわ、あなた。思いをそのまま喋ってしまうと、味気なくなっしまうでしょ。だから、身振りにしたのよ」

「身振りにすると、味わいがでるってことか」

「そうなの。言葉にするとつまらなくなるから身振りにしたでしょう。さらにそこから考えを進めて、その身振りをコトバに置き換えたらどうなるか考えてみてね」

「わからないな。言葉にするとおもしろくないから身振りにしたんだろう。それを、また言葉にもどすってことなのか」

「もどすのじゃなくて、身振りにしたことをコトバの上でトレースするってことなのよ」

「まだよく分からないな」

「たとえばさあ、根も葉もないことを言われたら、気分はよくないわよね。そのことを、文章としてストレートにいったら〔激しく怒った〕となるじゃない。それを、身振りを入れた表現にすると、〔かんかんに怒った〕となるわ。どちらが臨場感があると思う?」

「そうか!身振りというのは、心のなかの想いを視覚化するってことだ」

「やっと分かったのね」

「おまえがケーキを食べるときのことを、身振り表現してみると〔ネコポンタは、がつがつ食べた〕となるんだ。イメージとして想像できるものなあ」

「わたしの不作法な食べっぷりを、あなたが、〔目を三角にして〕みつめていた。というのはどうかしら？」

「怒ってる！という心の思いを、目を三角に、という言い回しにしているところが、おもしろい。見えない心中と見える身体が、みごとに連動しているんだ」

「それってさあ、文章表現でのボディー・ランゲージということじゃない？」

何事もそうだが、ダイレクトに言ってしまうと、相手に傷を負わせてしまうことがある。とくに、真実を伝えるときには、生の言葉を柔らかく加工して喋らないといけない。で、ここでは、それを〔身体の動き〕に変換して伝えることで、やわらかさのある豊かな表現で相手に届くわけだ。

「柔らかくないわよ。ガツガツだとか三角だとか……」

「食い意地張って！といわれるよりマシじゃないか」

「はい、そうでございます」

「おう、突然、物腰のやわらかい言い方になって……」

「モノゴシ。これも、身振り表現を取り入れた結果でございますわ」

ネコポンタ、シッポをしゃなりしゃなりと振ってみせた。

『消す』

ぐでんぐでんに酔っぱらった人の足取りを見たとする。〔とても踏ん張って立っていられる状態じゃない〕と、まずは考える。ここに執着していると身振り表現が浮かんでこない。そこで、この思考を消してしまって、見たまま、映像そのものを言葉で綴るとどうなるかと考えたとき、〔よろよろとしてるなあ〕となる。つまり、この流れのなかから思考を取っ払ってしまったからこそ、いい表現が生まれたわけだ。どこかで何かを抜き取ってやる、どこかで何かを抹殺してやる、ということで、逆に真理に近づくことができることもある。

「森から都会にでてきたときね、階段が苦手だったの。段と段の間がおなじなのでリズムがとりにくかったわ」

「それって、おかしいよ。等間隔に段を積み上げているから、歩きやすいんじゃないの」

「リズムね。トントコ・トントコ・トントコよりも、ズントコ・ズンズン・ズントコ・ズンといった調子の方が、乗りがいいでしょう。ところが、階段はね、トントコ・トントコ・トントコなのよ。それも３０段もあれば、それだけトントコが続くわけ……」

「決まったリズムなので、調子が狂うってことなんだ」

「だから、ところどころで躓いてしまうわ」

「だけど、俺と地下鉄の階段を下りたとき、ぴょんぴょん調子よかったよ」

「あれはね、訓練を積んだ後だったの」

「どんな？」

「消したの！わたしの記憶から……」

「なにを？」

「階段を下りてるとか上ってる、という認識を削除して、高低さのある道を歩いてるってことにしたのよ。するとね、均等につづく段差が気にならなくなったわ」

消すとか削除するとかは、整理の方法の一つだ。ところが、この行為を言い換えると〈捨てる〉ということになるから厄介だ。どんな物であれ、買ったときの思いが入っているからだ。だが、自動車や電化製品などの〈買換え〉には、捨てるという概念がない。新品と交換するだけ、という大義名分のもとで、なんの抵抗感もない。つまり、納得させる理由をつくれば、かんたんに捨てられるってわけだ。

「あなたが書いた、わたしの本。ネコポンタが主人公になっている童話の本だけど、もう読まないから捨てるわねっていったら、どう思う？」

「俺が、その本の著者だから許さん。それに、納得させるだけの理由になってない」

「じゃあ、どんな理由づけをしたら、オッケーがでるの？」

「ネコポンタがデビューしたのは、俺が著した童話の本でだ。だから、断じて捨てることを禁じる！」

「それってさあ、わたしの質問にまったく応えていないけど。でも……でも嬉しいわ。わたしを大事にしてくれて……」

ネコポンタはくるっと背をむけ、ほんのり肩を震わせた。

さっきの階段の話だが、単調なリズムで、ネコポンタは違和感を覚えたと言った。だが本当は、リズムの問題じゃなくて、高低差の認識がうまく機能していなかったのではないか、と推測した。だから、つまずいたと言ったのではないのか。そのヒントは、老人が、ほんの数ミリの段差でつまずいたりすることにある。畳の縁で転んだなどとよく耳にするが、そのわずかの差を視覚で認識できないからか、もしくは足が上がっていないからだ。多分、両方とも老化による現象だ。と、すると、ネコポンタは老化がはじまっているということなのか。

だが、階段を上り下りする、という認識を消したら、つまづかなくなったというところが、どうも理解できない。しかし、段差というものを、「意識しすぎた」ということであれば納得がゆく。

「そうかも知れないわ。だってさあ、一段一段を上るときには、つまずくんだけど、一段飛ばしでゆくとなんにも問題ないわ」

「そうだ。一段飛ばしだと上るので精一杯だ。でも、一段ごとでは歩幅に余裕があるから、挙げた足を降ろすところを迷うんだな。その結果として、つまづいてしまうのだ」

「意識を消すと、その迷いも消えるってことだわね」

「つまりね、一つのものを消すと、それに連なっているものも消えるってことだ」

「あの本を消す（捨てる）ってことは、主人公のわたしそのものも消し去るってことだわ。だから、あなたが怒ったのね」

「なんだ、さっきは分かっていなかったの？……わたしを大事にしてくれて、って嬉し泣きをしてたじゃないか」

「泣いてなんかしてないわ！」

ぷんと、ネコポンタは横をむいた。

「でもなあ、そんなに簡単に意識を消せるものなのか？」

「消す、といったから難しそうにみえるけど、〔考えないでいる〕ってことだわ」

考えないという思考。テニスの大坂なおみが、２０１９年全豪オープンで優勝した。

その時のインタビューで、〔私は感情的になりやすいので、感情のことは考えないようにしました〕というようなことを言った。大会途中ではラケットを投げつけて悔しさを表したこともあっただけに、感情の暴走を気にしていた。だからこそ、感情を消そうと努力したのだ。

このようにみると〔考えない〕ということは、思考の一つだということだ。

『方向』

「考えないていうことは、迷いがないってことだわ」

「そうじゃない。三叉路に立ったとき、考えなかったらどの道をとったらいいのか迷うことになるだろう」

「じゃあ、どう考えたらいいの？」

「邪魔されているものや厄介なものを消すために［考えない］を選ぶのであって、三叉路のように立ちはだかる物がなければ［考える］の方にスイッチを入れておかないと駄目だ」

「うわー、面倒だわ。状況を判断してさあ、思考のスイッチをＯＦＦにしたりＯＮにしたり……」

「ところが、ふつうはオートマティックだ」

「違うわ。あなた、さっき言ったじゃない。［考えない］は思考の一つだって……だからさあ、意識していないと、判断のギアがニュートラルに入ったままなのよ」

「そうだな。おまえのいうとおりだ。大坂さんが感情を消し、それが成功したってことは、ギアのシフトが適切だったたってことだな」

「そう、そうなのよ！」

ネコポンタは腹鼓をぽんと打った。

ギアチェンジといっても、その入れる方向によって思考エンジンの内容が変わる。即決してすぐ行動ギア、熟考して良い結果を生むギア、取り敢えずその場を乗り越えるギア、などシフトをどこに移すかは、まさに本人次第だ。だが、そこにも思考が付きまとう。
「こっちの方向に進みたいという台風予測の予報円みたいなものを描いていないと駄目なのね」

「なんでもそうだが、方向が大切だ。思考が向かうところは更に重要だ」

「あのクルマエビの漁師さん。荒い波が来たら、その波に直角に船をもっていかないと沈むって言ってたわ。逃げようとして横向きになると呑み込まれるって……」

「方向が生死を左右するんだ」

「直角９０度って、襲ってくる波に向かってゆくってことでしょう。なかなかできないわね」

「逃げるときの姿勢は、背をむけるのが普通だ。だが、その逆の発想をしないとここでは死んでしまうんだ」

常識というものは一つではない。それぞれの分野や世界によって違ってくる。だが、一般常識としての表現を使って、その常識を〔哲学〕によって歪めている例もある。それは、フランスの作家のジャン・コクトーが、〔人生は水平方向に落ちてゆくことである〕と述べていることだ。当然のことだが、〔水平方向〕という言葉には〔落ちてゆく〕という意味合いもイメージもない。

さて、じっくりと人生そのものを眺めていると、この意味が滲みでてくるように思える。淡々とした日常生活とその中に流れる時間。それを繰り返す一本の線を見つめたとき、それはまさに水平方向に向かっている。だが、人間として使っているその時間には、〔老い〕という肉体現象がともない、さらに、寿命という期限が付く。その人生風景を見ると〔落ちてゆく〕というイメージが涌き出る。錯覚ではなく、現実のイメージでだ。

「水平方向っていう言い方のなかにね、〔知らず知らず〕のうちに、という概念が含まれているんだわ」

「道でもそうだ。上がったり下がったりの起伏があると、道路そのものを意識するけれど、なんの変哲もない水平な道だと走っていることすら忘れるものだ」

「淡々と暮らしているなかで、時間が老いを連れてきて、最後に闇の縁に連れ込むんだわ。きっと……」

「ここでしっかりと、人生は水平方向に落ちているんだ、ということを認識する必要がある。でないと、あるとき突然、谷底に立っている自分自身に驚くことになる」

「人生はゴールに向かって落ちているんだ、とストレートに言ってもらったほうが、理解も、老いてからの覚悟も、できやすいのにね」

「落ちる！だけでは、夢も希望もないよ」

「嫌だわ」

「だろう」

「じゃあ、〔落ちる〕という認識を消すわ！」

「それだけじゃ駄目だ」

「消したそのあとに、〔登る〕という言葉を嵌め込むっていうのはどう？」

「人生は水平方向に登る！っていうんだ」

「ね、いい方向に向かってるでしょ！」

「せっかくの人生だから、楽しみながらいろいろチャレンジしてみようという姿勢だな」

『知らず知らず』

〔水平方向に落ちている〕という考えを支えているのは、〔水平方向〕を、〔知らず知らずのうちに〕と解釈しているからだ。この〔知らず〜〕を垂直方向に置き換えてみると、そこからでるイメージは、それは螺旋階段だろう。各段の上下はあるし、中心軸の周りをくるくる回っている感覚もある。しかし、昇っているとか降りているという認識は、かなり薄い。

「あるタワーにエレベーターで昇り、帰りを非常階段で下りたことがあったわ。もちろんラセンカイダンだわ」

「物好きだ」

「空中の風に吹かれ、しかも一人でくるくる回っている感じでさあ、地上に着くのかしら?って不安になったわ」

「風車みたいだ」

「そうなのよ。風が耳もとでビュービュー吠えるし、足が空回りしているように思えるし……足の遥か下を鳥が飛んでるし……」

「戻るに戻れない地点まできてると、ますます焦るよな」

「ああ、もう思いだしたくないわ」

ネコポンタは顔を両手でおおった。

螺旋階段は、少しのスペースのところでも昇降できるメリットがある。が、狭ければ狭いほど、ひと回りが小さくなる。極端にいえば、一人で遊ぶ、ぐるぐる回りと同じだ。だが、知らず知らずのうちに上に下に移動している。ただ、不安や目まいを伴いながらであるが……。

「知らず知らずのうちにって、他人事のようにゆうけどさあ、自分がなにかに没頭しているから気づいていないのね」

「そう。知らない間に、といっているが、実はしっかりと知っているんだ。ただ、はっきりと認識するのが、かなり遅れてやってくる。つまり、タイムラグがあるんだな」

「タワーの上から地上までどれくらいかかった?」

「時間のこと？」

「そうだ」

「長く感じたけど、20分ぐらいだったのかな」

「じゃあ、ほぼそれくらいのタイムラグがあったんだ」

「それでいうとさあ、わたしの最高のタイムラグは26年だわ」

「なんのことだ？」

「わたし、ネコポンタが主役の童話が登場したのが27年まえでしょう。それから本をぬけ出して、ご主人であるあなたに色々と思考のやり方を教わってきたんだけど、変わってきた自分自身を〔あら！〕って発見したのが去年だったのね。それまでの期間は、知らず知らずだったわけ……」

「回りくどいこと言わずに、知らず知らずの間に、俺から洗脳されて、やっと一人前の思考家になりましたって言えばいい」

「はい、ありがとうございました」

ネコポンタは、ぺこりと頭をさげた。

タイムラグを、花火に例えると、導火線にマッチでシュっと火をつけてから、火薬がバチッバチバチバチと弾けるまでの時間のズレのこと。ある関連しているものの間での、反応遅れによる時間差ということだ。雷もそうだ。ピカッと稲光がして、しばらくしてからゴロゴロという音がする。両方ともスタート地点は同じだが、光りと音の伝導スピードが異なるのでゴールに差がつくものだ。

「タイムラグって、色々あるわね」

「なにが食べたい?って聞いても、なかなか返答がないのもそうだ」

「それはただ考えを巡らせているからよ」

「おまえは、食欲を保管している頭という倉庫のなかに、食べたいものが有り過ぎるから迷うんだ」

「それだけじゃないわ。気分もあるし、美容のこともあるし、財布の事情もあるし……そこを納得のゆくように調整しているわけだわ」

「考え過ぎだ。今晩、冷えるから温かい味噌ラーメンでも食べよう!ですむことじゃないか」

「それじゃ、おもしろくないわ」

「どうして？」

「だって、タイムラグがないんだもの」

「はあ？」

「2つのものに時間差があるってことは、そこにわくわくするものが生まれるってことだわ」

「わくわくって必要か？」

「火をつけた花火が、どんなチカチカ模様を見せてくれるのか、想像しているときも楽しいじゃない。ほんの数秒でもさあ」

「そういわれれば、雷もそうだ。光りと音の到達時間の差で、雷本体の位置を知ることができる。差があれば、遠くにいるのだ。ピカッときてすぐにドドンだと、真上だ。……これは、わくわくじゃなくて、どきどきだけど……」

タイムラグがあるということは、その時間差のなかに空間が包まれているということだ。人は、時間に追われるとか、時間を持て余すとか、待ち時間がないとか言う。それは、時間が生き物だからだ。だとすると、空間はその生き物が棲む家なのだ。ネコポンタが、わくわくするものとは、その家での居心地なのだ。

『ON・OFF』

「時間って生き物だわ。それが、わたしの身にくっついてくれてるうちは大丈夫だけれど、やがて、離れてゆくわ」

「離れるって?」

「みんなそうだけど、肉体が滅んでしまったら、そこから、時間がふわーと遊離していなくなってしまうわ」

「そうだな。屍に時間がくっついてたら、これ怖いぞ!」

「ゾンビだわ」

「生き返った死体というのは、時間という仮面をかぶっているってことだ」

「もういいわ。そんな怖い話は……」

「怖かったら目を瞑ればいい」

「おかしいわ。それってさあ、あなたの話を目で聞いているってことになるわよ」

「そうだな。耳で聞いてるんだから、耳を瞑ればいいわけだ」

「目は瞑れても、耳は閉じられません！」

「そうか。聞こえない振りはしても、ちゃんと聞こえてるもんなあ」

だから、親が子どもに怒ったり説教したりするとき、分かるようにきっちりと1回だけ喋ればいい。横を向いていたり、遊んでいて聞く耳を持たない状態であっても、1回厳守なのだ。ところが、ねえ！ちゃんと聞いてるの？と口撃をかけ、おなじことを2度も3度も言ってしまうから、うるさいなあ！となるのだ。

「でもね、わたしは耳を塞ぐ方法を知ってるわ」

「手を耳に当ててるんだろう？」

「嫌なことを喋ってこられたら、すぐに、まったく違うことを考え、それで頭のなかを満杯にするの。すると、外から言葉が侵入してくるスペースがなくなるでしょう」

「それでも、耳に言葉は入ってくるはずだ」

「はい、そこで聞いた振りをして、流し去るのですわ」

「ほお！……お役人と一緒のことを仰る」

「わたしはネコポンタです。役人ではありません！」

「聞き置く、という聴き方がある。陳情にやってきた人の意見を一応聞いておいて、なんの処置もとらないことだ。つまりだ、言葉を流してしまっているのだ」

聴覚には閉じる工夫はあっても、聞こえる音をOFFにはできない。ただ、睡眠時は遮断に近いが……。視覚機能はふだんは解放しているが、ジェットコースターの恐怖から逃げるために目を瞑ったり、怒って目を剥いたり、ONとOFFは自在だ。嗅覚や味覚は？というと、これはOFFにはできない。ただ触覚は微妙だ。皮膚感覚というものは、人間としての喜びとパワーを与えてくれるが、足裏や殿部は鈍感だ。つまり、基本的にはOFFにはできないが、幾らかOFF気味の部位もある、といえるだろう。おなじ五感でも、ONとOFF機能の違いがあっておもしろい。

「思考は、ONとOFFを簡単に切り換えられるから、使い勝手がいいわね」

「うん。……というか、そこに人の意思が働いているというところを評価したいな」

「むつかしいことを考え過ぎて、ぐったりと疲れたら、OFFにして休むと効果的だわ」

「思考を遮断するだけじゃなく、それと入れ替えに、身体をONにしてやると、身体全体のバランスが整うことになる」

「そうだ。思考でにっちもさっちもゆかなくなった疲れを、身体に渡して処理してもらおうってわけだわ」

「となると、こんどは身体を浪費して疲れたら、それをOFFにして、思考をONにするってわけだ」

つまり〔静の疲れを動でとり、動の疲れを静でとる〕ということになる。もちろん〔静〕とは思考や精神的なことであり、〔動〕とは肉体的なことである。考え悩み疲れたあ！という人が、寝床に入って休んでしまうと、さらに色々と考えて疲れが増幅してしまう。

つまり、静の疲れは静ではとれない、ということだ。

「外からは見えない思考と、しっかりと見える身体が、お互いのことを考えながら生きているんだわ。素敵だわね」

「だから、それぞれにONとOFFのスイッチがあり、それを上手に使いこなすことで豊かな暮らしができるんだ。人の知恵ということだな」

『思考のシッポのつかみ方』

「シッポをつかむっていうとさあ、悪い事柄の証拠を押さえるっていう意味だけど……それじゃないわよね。この本の中では……」

「あたりまえだろう！」

「わたしのような動物だけじゃなくって、物事すべてにも色々なシッポがくっついていて、それをつかむことで、本体（真実）を引っ張りだせるってことなの？」

「そうだ。……でも、どこらへんにシッポがあるのかよく分からないし、つかんだところで、それが本体に繫がっているかどうかも分かりづらいぞ」

「はっきりと、お尻のさきっぽについていれば、話は簡単なんだけどね」

「探すのが面倒だから、といって、ごく常識的な物の見方で済ましてしまうから、おもしろくないんだ」

「シッポは、お尻にくっついているもの、と皆が思っているもんね」

「まあ、それでもいいんだけど。でもね、たとえばだ。イヌがそんな胴体の端っこにシッポをくっつけて不都合はないのか？という疑問から考えを膨らませてゆくとどうだろう」

「シッポだから、シッポの位置にあるのがいいんじゃない？」

「でもなあ、よーく考えてみな。ご主人から餌を貰ったとき、シッポを振って喜ぶだろう。そんな胴の端っこという、遠いところから、『嬉しいわ、おなかぺこぺこだったの』と身振り表現するんだったら、ご主人に一番近いところのその顔で、嬉しさを表現したらいいと思うのだ。それが礼儀だろう」

「シッポでの感情表現を、人間のように顔にもってきたらどうなの、という考えなのね」

「おもしろいかな、この考え?」

「まったく現実的ではないけれど、視点がおもしろいわよ。でも、怖いわ。イヌがニャリと笑ったらどうしましょう」

「そうなったら引くよなあ。でもまあ視点を少し変えるだけで、見える風景も変わってくるってことを言いたかっただけだ」

「わあーこんな考え方があったんだ!というようなどきどきする発見があれば、生きてることもわくわくしてくるかもね」

「精神世界がぐんと拡がるってことだ」

「シッポ探しって、思考するためのヒントがどこに隠れているかを見つけだすことなのね」

「宝さがしと同じだ」

ヒントさえつかんでしまえば、あとは想像を膨らませてゆけばいいだけだ。だが、その種のこういう行為のまえに立ちはだかるものがある。それは既成概念と先入観だ。どちらも思考を拡げることを嫌がる。この枠からでるな、というのだ。そうなると、自由な発想ができづらくなる。

「そこで登場するのが、〔消す〕という作戦ね」

「考えない、ということだな」

ここでの〔考えない〕とは、すべての思考停止ではなく、既成概念や先入観を、思考の外に放りだすということだ。そうしておくことで、より豊かに発想できる環境が整うというわけだ。

「分かったわ。よーし、よーし、どん」

「おい、ネコポンタ！なにをしてるんだ？」

「消してるのよ。すべての既成概念と先入観をね……」

「なんか、派手な消し方だな」

「はい！完了！……じゃあ、思考のつかみ方を教えてよ」

「ここまでいっぱいお喋りしただろう。そこにシッポが２０や３０本ぐらい入ってたはずだ。それを見つけだせてたら、もうそれでいいんだ」

「見つけるのじゃなく、つかみ方を知りたいの！」

「喋ってるなかで、おまえが、『うわー、あなたの考え方って素敵だわ』とか『おもしろい！』とか、腹鼓を打って喜んだりしただろう、もうそのときに、しっかりと、つかみ方を体得してるんだ」

「つかみ方って言うからさあ、何か方法があるのかな？って思ったの。でも違ったわ。……今まで考えもしなかった新鮮な思考とであったとき、それにわたしが共鳴したとき、そのとき、わたしがその発想を捕まえたってことなのね」

「だから、シッポを振って喜んでたんだろう？」

ネコポンタは、シッポをくるりと巻いて、頬を染めた。

♡雨の朝、いっぴきの狸と出会った。いや、よーく見ると猫のようでもあった。まあ、とにかく、そいつは俺とすれちがいざまに、「傘と長靴を貸してくれませんか」、と言った。街中で狸らしきものと会うのも不思議だが、まわりの誰も、知らない振りで通り過ぎてゆく。登校途中の小学生が数人、傘をふりまわしながら、俺らのそばをすりぬけた。

まったく気づかない。狸ではなく狸もどきだったから無視したのか。それとも、なにも見えていなかったのか。まわりの日常はそのままで、俺のそばだけ非日常となっていた

♡

「ちょっとちょっと、待って！この文章って、この本の書きだしの部分じゃないの？」

「そうだよ」

「どうして、また、こんなところに登場するの？」

「うん。……あの雨の朝。おまえと出会っていなかったら、こんな楽しい思考の日々は、たぶん、なかっただろうなって、ふと、思ってね」

「ちょっと、おセンチになってない？あなた……」

「おまえに聞いてるんじゃない、俺が自問自答してるだけだ」

「じゃあ、勝手にしたら！……自分で問題をだしてさあ、自分で答えるなんて、馬鹿げてるわよ」

「ところが、そうじゃないんだ」

「なんで？」

「思考するという行為は、つまり、自問自答することなんだ」

「わからないわ」

「考えごとをするとき、他人にいちいち相談してからするか？」

「しないわ！だって、それをするとわたしの脳に対して失礼じゃない」

「だろう」

「でも、まだ、よくわからないわ」

「じゃあ、例えで言おうか」

あのビニール傘では一時凌ぎにはなっても、ずっと使うにはまずいだろう。ネコポンタももう年頃だから、もし、彼とのデートの時が雨だったら、あれではかわいそう。と、俺が思ったとする。

さあ、ここからが自問自答だ。

〈じゃあ、傘を買ってやろう。シェルブールの雨傘のようなカラフルなやつを〉

〈でも、ネコポンタは動物だ。そこまで派手なものはいらないのじゃないか〉

〈だけど、お年頃の女の子だよ〉

〈と、いってもセンス的にどうなのか分からない〉

〈ファッションからいえば、毛の色がブラウンだから、アーミーグリーンの傘が、トータル的におしゃれかな〉

〈長靴がわりにあげたコンビニのビニール袋が気に入っているようだったから、どんな傘でも頓着しないか〉

〈でもなあ、俺を慕ってくれてるから、ちょっといい物をあげたいんだけど……〉

〈情に流されて買ってしまうのはどうなのかな〉

〈流されるときは、素直に流された方が後悔しないんじゃない〉

と、言った具合に、自問自答の激しいバトルがあり、その結果として傘を買う、買わない、傘の色をカラフルにする、渋いアーミーグリーンにする、という〔迷い〕に決着がつくのだ。

「それだったら、わたし、ハートにやさしいピンク色の傘がいいわ」

「買わないぞ。例えで、喋っただけだ……」

ネコポンタは、顔をそっとそらすと、肩を落とした。いや、俺にはそのように見えた。

「なあ、このまえ、オランダの版画家エッシャーのこと喋っただろう」

気分を変えるために、なんとなく俺はそう言った。

「ええ、彼の騙し絵に、すっかり騙されたっていう話。二階への階段を上っているように見える人物が、実は地下に下りているっていう絵のことだわね」

「その彼の絵が、一点だけ見れる音楽堂があるんだ。行かないかい？」

「え？絵を見にゆくのでしょう。だったら美術館じゃないの？」

「いや、音楽堂だ」

「ホールかエントランスに飾ってあるってことなの？」

「いいや。音楽堂の入口を入って上階のホールに階段をのぼってゆくんだけど、さて、そのホールに着くと、そこは地下1階なんだ」

「あのエッシャーの絵のような設計をしてるってことなのね」

「いいや、違う」

「もう、分からないわ」

「それじゃあ、これからゆこう。行けば分かるから……」

「うん」

ネコポンタのシッポがゆったり揺れた。

あの喫茶店の天井の上を走る私鉄とメトロを乗り継いで、最寄りの駅で降りた。改札を抜けると、すぐ音楽堂入口の看板が目に入った。〔ホール受付はこの上です〕とある。

「ここ、地下鉄の改札口よねえ」

「そうだ」

「地下何階？」

「ここは、B2だ」

そう応えた瞬間、ネコポンタがくっと笑って俺の顔を見た。釣られて、俺も笑った。音楽堂の入口がビルの地下2階にある。そこから上階にあがるとそこは地下1階のホールってことだ。エッシャーのカラクリでもなんでもない。あたりまえの空間の位置だ。

「ここまで、連れてきてもらったんだから、なにか聴いてゆかない？」

「うん、そうだな」

「どんな曲目かは分からないけど……ね」

俺とネコポンタは、チケットを買ってホールに入った。客席は１２０人ほどだが、大理石で作られたドーリア式建築のような佇まいで、ちっちゃなパルテノン神殿のようだった。そこに、グランドピアノが１台置かれてある。

「うわー凄いスゴイ！」

天井を見上げたり、柱を手で撫ぜたり、くんくんと匂いを嗅いだりと、ネコポンタはなぜか興奮している。やがて、客席の照明が落ち、舞台にピアニストがあらわれ、にこやかに一礼した。

曲目は、モーツァルトの『ピアノソナタ第１３番変ロ長調』と、シベリウスの『ロマンチックな情景』であった。

ピアノ演奏が終わっても、あいつは席にじーっと座ったままで、身動きもしないで、その感動に浸っている様子だったが、やっと口を開いた。

「モーツァルトってさあ、古典の旋律のうえに情をうまくのせているから、人間味あふれているのね」

「文学だって、文脈のうえに情をのせているぞ」

「うん。思考するときにも〔情〕を乗せないと、パサパサした人間になってしまいそう」

「もちろん！」

音楽堂をでて、地上にでた。小雨が降りはじめていた。俺は「ちょっとトイレにいってくる」と言って、隣のビルに飛び込んだ。まもなく帰ってきたものの、トイレにしては長すぎる時間だった。

「遅かったわね。お腹でも痛かったの？」

「ううん。なんでも……」

「じゃあ、帰ろうか」

「メトロじゃないと、雨に濡れちゃうよ」

「いや、いいんだ！」

そういって、俺は後ろ手にもっていた紙袋を、ネコポンタにそっと渡した。

「おまえ、これ、使いな!」

袋のなかに、今買ったばかりの、ピンクの傘とピンクの長靴を入れておいた。

俺は、近くのコンビニで、ビニール傘を1本買った。

〔完〕

あとがき

本書を書くことの切っ掛けとなったのは、〔言葉という魅力的な生き物〕と一緒に遊ぶ3つの私の講座でした。『桃木夏彦の文書クッキング』と『思考のマスターキー』『BOXパカッ！』がそれです。文章クッキング講座は、もう20年をこえますから、その生き物とは長い付き合いになります。

出版にあたっては、ずっと応援して下さっている大阪教育図書株式会社社長の横山哲彌氏に心より感謝いたします。また、編集では稲橋修二氏、校閲では南村桂太郎氏、装幀では久保田トシ子氏にお世話になりました。また、執筆にご協力をいただいた皆様、ありがとうございました。

2019年夏

桃木 夏彦

本書は桃木夏彦が次の講座で喋ったものをベースに加筆編集したものである。

『桃木夏彦の文章クッキング』大阪教室・奈良教室・和歌山教室
『思考のマスターキー』大阪天王寺教室
『BOXパカッ！』
『花王株式会社SCM部門ビジネスリテラシー講座』

著者紹介

桃木 夏彦（ももきなつひこ）
日本放送作家協会会員
日本脚本家連盟会員
桃木夏彦創作事務所代表

思考のシッポのつかみ方
著者　桃木 夏彦
2019年7月15日　初版第1刷発行

発行者　横山 哲彌
印刷所　株式会社共和印刷
発行所　大阪教育図書株式会社
〒530-0055　大阪市北区野崎町1-25　新大和ビル3F
TEL 06-6361-5936・FAX 06-6361-5819　振替 00940-1-115500
E-mail = info@osaka-kyoiku-tosho.net
http://www.osaka-kyoiku-tosho.net/
ISBN 978-4-271-90012-2　C0295

カバーデザイン・山下 夏音
ネコポンタクリエーター・徳田 唯菜